Ropa sucia

Agustín Álvarez – Ignacio C. Sierra – Raquel Casas
Miriam Conde – Alejandro Hernández
Julio H. Fuentetaja – José Alberto García
Pilar Molero – Marta Posadas
Teo de Prada – Delia Renedo
Mario Requejo – Elisa Rivero
Epílogo de Enrique Ferrari

Nadie está por encima de la ropa sucia.

Cynthia Ozick

ÍNDICE

ESPERA

Pilar Molero García

Agoniza.

Me cuesta creer que no esté luchando. Que haya soltado, sin más, las riendas de su existencia. De su existencia y de la mía. De la de todos.

Dice Raúl que, hasta en el último instante, pretende humillarnos.

La primera vez que entré en esta casa apenas contaba veinte años. Vivía alejada del entorno familiar desde los dieciocho. Estaba convencida de tener madurez suficiente para encarar cualquier situación.

En una de las conferencias que dio César —la que pronunció en el salón de plenos del Ayuntamiento con motivo de haber ganado el premio de narrativa de la ciudad de aquel año, 1983—, coincidí con Raúl, mi profesor de Medieval en la universidad. Fue él quien me habló de un puesto de trabajo para transcribir los textos de un genio. De su mejor amigo.

—En realidad, mi jefe —añadió.

El sueldo iba a ser superior al que tenía entonces, con la ventaja de estar al lado de un maestro. Lo dijo emocionado. Raúl, luego lo corroboré, tenía una firme vocación de siervo.

César me recibió al día siguiente. Abrió la puerta en persona. Me sorprendí. La categoría del edificio suponía la existencia de doncella y mayordomo.

Él tenía entonces cuarenta. Yo le adjudiqué la edad de mi padre.

Me tendió la mano, efusivo, y después nos dirigimos a la escalera. Una escalera que yo califiqué de escandalosa por su ostentación. Solo había visto otra igual en el Ayuntamiento.

En la primera planta comencé a pisar alfombras. No pude fijarme en los retratos —enmarcados con exceso— que tapizaban las paredes. Íbamos, dijo, hacia el taller. Me cedía el paso de manera teatral. Era consciente de mi asombro y lo estaba disfrutando.

En el denominado taller los libros habían colonizado todo el espacio posible. Libros en baldas y vitrinas, encima de las mesas, incluso en el suelo.

Una de las dos mesas estaba equipada con lo que entonces se consideraba lo último en informática. Hizo una demostración como si quisiera epatarme; darse pisto dicen en mi pueblo. Pero lo único que llamó mi atención fue la propia mesa, una reliquia de sacristía. Lo demás era para mí cotidiano; lo que utilizaba en la editorial donde entonces trabajaba.

La superficie de la otra mesa —que supuse era la de Raúl— estaba llena de papeles, carpetas, grapadora, tijeras, pegamento, un sinfín de utensilios en un perfecto desorden. Junto a la máquina de escribir eléctrica, se desmarcaba una botella de vidrio al parecer vacía. A la izquierda de esa mesa, el balcón de puertas altas y hojas anchas, que parecía añorar los cortinones con que un día lo vistieran.

El taller era la antesala del sanctasanctórum de César.

Al llegar a su despacho me pareció sentir frío y olor a incienso. Era un espacio más pequeño que el taller, en penumbra, misterioso. El balcón —también sin cortinas— mostraba vidrio emplomado en las puertas, lo que confería aspecto de oratorio al conjunto.

Nada más entrar, César volvió sobre sus pasos y se fue sin dar explicación alguna. Como si pretendiera que yo me aclimatase.

Me quedé de pie, al lado de la puerta, sin saber qué hacer. Sobre la mesa, al lado de una carpeta de escritorio, había una pluma estilográfica y un bolígrafo semejantes. También un abrecartas de empuñadura blanca. Y, junto a una lámpara articulada, en un lugar preciso, quizá prioritario —justo frente al sillón que, pensé, ocuparía después César— una pequeña escultura barroca de un cristo crucificado.

Cuando César volvió me ofreció una de las dos pequeñas butacas que estaban delante de la mesa. Hasta allí llegaba, con cierta intimidad, la luz indirecta de lámparas ocultas detrás del remate en escayola de las paredes. Él se sentó en la otra butaca, frente a mí. Cruzó la pierna derecha en un gesto natural no exento de soberbia. El negro reluciente de sus zapatos difuminaba el gris humo de unos calcetines de ejecutivo que se perdían después bajo la tela también gris del pantalón.

Es lo que algunos consideran un tipo elegante, pensé. De modales inculcados en la cuna —o quizá antes.

Me estuvo observando con severidad, como si me juzgara. Había apoyado el brazo izquierdo en el del sillón y se pellizcaba —se acariciaba, más bien— el labio inferior. Al tiempo, hacía ostentación —o eso creí yo— de un anillo, al parecer de oro, con una piedra roja, quizá granate, en el dedo corazón de la mano derecha, que había dejado sobre su rodilla. Imaginé que era un distintivo de alcurnia, como también parecían serlo las alfombras y los óleos.

Me importaba un bledo. Pero me hizo sentir intrusa.

—¿Qué edad tiene usted?

—Veinte. Cumplidos —añadí.

No estaba dispuesta a contarle mi vida. Decidí contestar con evasivas, incluso con mentiras si fuera preciso.

Me dijo que conocía a una persona que se apellidaba también Siena. Ramón Siena, precisó.

—¿Su padre quizá?

—Mi padre no se llama Ramón, dije.

Ramón era mi tío. Pero no venía al caso.

Siguió observándome durante segundos.

—Es usted muy joven.

—Llevo cuatro años trabajando. En una editorial —añadí.

—Lo sé. Habrá que pedir informes.

Me encogí de hombros e hice un gesto displicente. No le gustó. Sentí satisfacción. A mí tampoco me había gustado su *habrá que pedir informes*: ¿no confiaba en Raúl?

—Acompáñeme —dijo.

Raúl estaba esperando. De pie delante de su mesa, la que tenía la botella.

César me indicó la otra, la del ordenador.

—Siéntese, por favor —dijo—. Será un pequeño examen: tiene que describir, de su puño y letra, una ciudad imaginaria, el río que la define y…

—¿Durante cuánto tiempo?

Tampoco le gustó la interrupción.

—Se lo iba a decir ahora. Yo le avisaré cuándo deba terminar.

Y se fue hacia el balcón. Desde allí, dándome deliberadamente la espalda, dijo:

—Cuando yo le indique, volcará su texto en el ordenador. En el menor tiempo posible.

Mientras yo redactaba, él estuvo paseando con las manos a la espalda.

No había transcurrido media hora cuando apoyó sus manos sobre la mesa, frente a mí, con la cabeza a la altura de la mía, hasta que levanté los ojos del folio.

—Es suficiente —dijo.

Leyó con detenimiento el relato. Se lo pasó a Raúl y me lo devolvió.

—Ya lo puede transcribir.

El resto del tiempo —muy poco, la verdad— permaneció allí, mirando cómo me desenvolvía con el teclado.

—Es aceptable —dijo, después de comentarlo con Raúl—. Pero deberá superar un periodo de prueba de quince días.

Dudé. Estaba a gusto en la editorial. No me imaginaba en aquel mausoleo. Ni delante de aquella mesa. Ni con aquel individuo prepotente.

Como si fuera consciente de mis dudas, César añadió:

—El sueldo será el doble del que ahora tenga en la editorial.

De qué vas tío, pensé.

—No me interesa el trabajo —dije.

Pasaron los años. Cada vez me sentía más identificada con mi editorial. No era mía, claro, pero yo la sentía latir.

Y, de repente —es un decir, porque el calvario duró tiempo— la empresa fue succionada. Borrón y cuenta nueva para los empleados, dijeron algunos. La dirección, sin embargo, quiso mantener su dignidad con palabras como incorporación —en lugar de absorción, o succión como dije yo— a un grupo editor multinacional con vocación planetaria.

No lo entiendes —me dijeron—. Son términos jurídicos y acuerdos económicos. La sede social se traslada, pero nadie perderá su puesto de trabajo. Siempre y cuando —dije— estemos dispuestos a subirnos a un tren que circula por otras vías y a otra velocidad.

Se negoció mucho —nunca lo suficiente—. Hubo despidos y empleados que aceptaron con gusto el traslado. Yo me quedé aquí, con otro compañero —una pequeña delegación, un testimonio.

Fue entonces cuando decidí preparar oposiciones a taquígrafa de las Cortes Generales. Me entrenaba en toda clase de conferencias o declaraciones políticas.

Y fui a la presentación de *Horadando la niebla*, con la que César ganó el Sixto de aquel año, 1996. Lo celebraba en el refectorio del monasterio agustino, inaugurado aquel mismo día como sala de conferencias. Todo un acontecimiento.

Me senté en la primera fila y estuve tomando su discurso. Conseguí la intervención íntegra —la de él y la de los que le dieron coba—. Cuando me levanté para salir —no tenía interés en su libro y mucho menos en que me lo dedicara: su literatura comenzaba a ser rancia—, Raúl se acercó para pedirme, por favor, que esperase, que César tenía sumo interés en hablar conmigo.

Ante mi actitud de sorpresa, Raúl añadió lo de:

—Hazlo por mí, por los viejos tiempos…

Hacía años que no coincidía con Raúl. Dejé Historia para pasarme a Derecho. Yo guardaba muy buen recuerdo de aquella época y él no me había olvidado.

Desde el estrado, César estaba pendiente de nosotros. Mientras gesticulaba con las manos el ruego de que esperase unos minutos, me dedicó la primera de sus sonrisas. Inquietante.

Lo estuve observando.

Le sentaban muy bien los años. Se regodeaba con los comentarios de los lectores, sobre todo lectoras, que más parecían pedirle una cita que la consabida dedicatoria. Luego pude comprobar que cada dedicatoria era única: engreída y extravagante; rematada con una rúbrica propia de un notario.

Raúl se quedó conmigo. Me preguntó por mi pueblo. Le dije que lo tenía abandonado. Sólo quedaban allí mis padres; en el cementerio; los añoraba. También sus padres habían fallecido. Qué solos nos dejan los muertos —dijo—. Su casa, ahora, era demasiado grande para él. Estaba desmejorado. El trabajo —al contrario que a César— le consumía la vida. El médico le había prohibido el tabaco. Acumulaba unos cuantos kilos de más; muchos quizá. Iba todos los días al gimnasio.

—Bueno —dijo— todos los días no. Ya sabes cómo soy.

—Un desastre para algunas cosas. Lo recuerdo bien.

—Observarás —dijo— que, a veces, tengo un ligero temblor en las manos; es algo sin importancia, algo genético. Por lo demás, lo de siempre: la universidad y César.

Bandejas repletas de canapés y bebidas se iban sucediendo con una generosidad inédita en eventos semejantes. La espera se dilataba. Cerca ya de una hora.

—Me voy, Raúl. Dile que me llame. Si quiere.

Raúl no se dio por vencido. Insistió. Dijo que el interés de César tenía fundamento. Que, en muchas ocasiones, me recordaron.

Y que, sin duda, era algo muy interesante para mí.

Yo había bebido dos copas de vino. Él tuvo tiempo de tomar algunas más.

Cuando César terminó la ceremonia de la firma —conseguía dar carácter solemne a todo lo suyo—, vino hacia mí con decisión. Traía una nueva sonrisa: esta vez enigmática. Con un leve toque en mi codo, indicó la salida al claustro.

—No me atrevo a proponértelo —dijo—. Ya me diste un plantón hace tiempo.

—Han pasado muchos años —dije.

—Que nos han hecho mejores. Seguro.

Íbamos andando. Dijo que se había fijado en mi interés por tomar notas de los discursos.

—No te dabas respiro. Creí que habías hecho Historia, no periodismo. ¿En qué publicación trabajas?

Pero no me dejó responder. Dijo que necesitaba un ayudante. Habló de un alter ego —sin mucho convencimiento—, de poder compartir la creación. No le gustaba la palabra secretaria. Sería un colaborador.

—Mejor dicho, colaboradora.

Esa rectificación condescendiente y, sobre todo, su tono de voz —el que se utiliza en ocasiones semejantes y que siempre me había hecho reaccionar con ironía—, apenas me ofendió esta vez.

—Colaboradora. Eso es. Y añadió otra sonrisa que pretendía ser cómplice.

Tampoco reaccioné. Pensé que el vino blanco no maridaba conmigo; que a veces me jugaba malas pasadas.

—Te hubiera reconocido en cualquier lugar. Muchas veces le he preguntado a Raúl por ti. Es providencial que hayas venido. Así podré saber tu opinión sobre este libro.

Y seguía hablando entusiasmado, como si no hubiera nadie más en el universo.

Me agobiaban tantas palabras y la manera de decirlas. También su mirada que me perseguía. Imaginé la expresión de necedad de mi cara. Vas a cumplir los treinta y cinco, me dije. Córtale el rollo. Tienes que salir de aquí.

Habíamos dado tres o cuatro vueltas al claustro. Y seguía hablando de sus libros, sus premios; de él, siempre de él. Me sentía ignorada. Le interrumpí:

—Yo, en estos momentos, aspiro al Congreso de los Diputados.

La frase sonó hueca. Hubiera querido que las palabras volvieran de nuevo a mi boca. Reacciona, me dije. Nos habíamos parado y me miraba incrédulo:

—Qué sorpresa.

Estaba perplejo. Me pareció que apretaba los puños. Supuse que volvía a recordar mi negativa de antaño. No le dejé intervenir:

—Ser funcionaria me permitirá seguir escribiendo.

Se rió. A carcajadas.

—Los años han consolidado tu estupidez —dije, mientras me alejaba.

—Perdona, no lo he podido evitar. Lo siento. Lo siento —repetía poniéndose delante de mí—. Pensaba en la política. Ahí no te veo. Sin embargo, en literatura…

Otra vez empecé a flaquear. Y él se daba cuenta.

Me tomó del brazo para decir que podría igualar la nómina del Congreso, incluso superarla.

Entonces volví a mi ser. Retiré su mano con aplomo:

—Me voy.

—Perdón de nuevo —dijo, cortándome otra vez el paso—. No era mi intención ofenderte.

Y, sin saber por qué, me detuve.

César me sujetó los dos brazos para tenerme frente a él:

—Quería decir que, si tus aspiraciones son literarias…

Se quedó en silencio. Estábamos muy cerca, mirándonos. Estoy segura de que en aquel momento César encontró en mis ojos lo que yo no quería aceptar: la inexplicable atracción y debilidad que sentía en su presencia.

Me soltó los brazos despacio, sin dejar de mirarme, y tuve la sensación de haber quedado desnuda.

—Si quieres escribir —dijo después— el contrato será de redactora. Si tú quieres. Si me aceptas.

Comencé a trabajar con él en septiembre de 1996. Durante un tiempo nuestra relación fue puramente laboral. Convencional. César ponía sumo interés en evidenciar que las formas y maneras con que se dirigía a mí, eran las mismas con las que se dirigía a la cocinera, al jardinero o al chófer. Personal de servicio, decía él.

Fue una de sus argucias. Ignorarme para valerse

después de la atmósfera mágica de la culpa y el arrepentimiento; un sucedáneo de reconciliación. Luego, en meditadas ocasiones, fue mostrando deferencias sutiles; delicadas correcciones o halagos a mí aportación a su obra –decía.

Se iba apoderando de mí como lo había hecho con Raúl. Para entonces, Raúl se había trasladado a vivir a la mansión. Tenían dormitorios contiguos.

La noche del 4 de abril de 1997 fue la primera que pasamos en mi apartamento.

Habíamos acordado —los tres— ir a ver *Ubú Presidente*. Yo esperaba a la puerta del teatro. César llegó solo. En taxi.

—A Raúl no le gusta Albert Boadella, ni Els Joglars —dijo, ante mi extrañeza.

Eso era mentira, claro. Lo miré a los ojos y supe lo indefensa que estaba. Lo estúpida que era. Y cuánto había deseado aquel momento.

—Volveré también en taxi. El chofer tiene gripe —dijo.

Me había tomado del brazo y correspondía con una felicidad indescriptible a los saludos de las personas con las que nos cruzamos hasta llegar a la fila de nuestras butacas.

—A la salida, suplicaré tu amparo —fue acariciando mi mejilla con sus labios antes de dejar las palabras en mi oído.

—Sabes que no te lo voy a negar —susurré.

Estábamos aún de pie y me dejé caer de golpe en el asiento. ¿Era yo la que había dicho esa estupidez?

Por la mañana, antes de marcharse, me hizo ver

que Raúl tenía una sensibilidad que yo, seguramente, no había captado en toda su magnitud. Era posesivo y celoso. Capaz de cualquier desatino si se considerara engañado.

—Es mejor mantenerlo al margen –dijo.

—Entonces, lo nuestro es una actividad clandestina —dije con ironía, fingiendo sorpresa.

—Tú eres lo más importante. Te quiero, créeme.

No le creí. Pero no se lo dije.

Tampoco le dije que yo —a partir de aquella noche— también era capaz de un disparate si se jugaba con mis sentimientos.

Después de un tiempo, calculado con minuciosidad, el maestro —se hacía llamar así por todos, incluido el servicio— comenzó a secuestrar mis relatos como si barriera mi posible éxito bajo las alfombras.

—Superación —repetía—. No te desanimes. Dale tiempo al tiempo.

Frases baratas, de relleno, que no venían al caso.

Confundida en mis sentimientos, renegando muchas veces de ellos, yo consentía su despotismo.

Me esforzaba en parir una protagonista a la que él no considerase candidata a una muerte sádica. Una a una, después de recrearlas, César las iba eliminando de forma meticulosa. Grosera y violenta. Siempre cruel. Y cobarde.

Cuando di vida a Leandra —yo le decía Lea en *Las ninfas*, relato mitológico—, César la bautizó como Sandra en *Apoteca*, historia de una mujer dedicada a la investigación farmacéutica.

Y él, como protagonista, la mata. La estrangula

con una corbata negra, la misma que llevó en el funeral de su madre —decía. Y lo hace de forma ritual, en memoria de la alquimia como sagrado arte esotérico. Luego arroja el cuerpo al pozo espeso de una casa que se había manifestado, después de años de ahogamiento, en el lecho reseco y cuarteado de un pantano. Así lo cuenta él. Y describe, con regodeo, cómo el pozo, de extensos labios de limo, sorbe el cuerpo de Sandra, rebozándolo con deleite en el cieno del que estaba ahíto, hasta llegar el instante en que desaparecen de la superficie los rígidos dedos de una de las manos del cadáver. Después de aquella pertinaz sequía —son sus palabras—, de manera violenta, las aguas volverían a cubrir el valle.

Lo mismo ocurrió con Margarita, una mujer a la que —en 1910— su padre y hermanos llevaron a un convento para ocultar el impuro ardor que padecía. En mi relato, además de ser víctima de su familia, lo fue también de la crueldad de una abadesa que la confinó en una celda infecta, donde había muerto otra monja de tuberculosis. Pues bien, él, en *Simulacro*, llama Margot a otra novicia que abandona un convento en 1985. Y a Margot, triste y pobre, César la prostituye "en un motel de carretera secundaria, a la entrada de un pueblo grande, cabecera de comarca". Aquí, él se pone de perfil. Deja que el protagonista sea Mateo, una persona de orden, dice él. Un día, Margot —a la que Mateo había llevado a su casa para protegerla— le dice que está embarazada –preñada, puntualiza él–. Ella, ante el repudio de Mateo, piensa abortar.

En un alarde de sadismo, Mateo hunde a Margot en la sima de lo que él considera el más abominable de los pecados. Al final, César lleva al protagonista ante un juez para que relate —él fue el único testigo del accidente— cómo la máquina y los veinte vagones de un tren de mercancías desfilaron, como un ejército, sobre el cuerpo de aquella suicida.

Eran temas que se repetían. Que parecían obsesionarle. Algo anacrónico. Incoherente con su trayectoria de vida.

Yo me fui apartando. Transcribía su obra sin participar en ella. Y César no me echó en falta. Estaba inmerso en una actividad frenética de creación y lectura.

Lo que leía era basura. Nunca la literatura alcanzó cotas más bajas —declaró—. Lo que él creaba iba destinado a élites cada vez más exigentes.

Tuvo que pasar mucho tiempo para que César fuera consciente de que el mercado lo ignoraba, que el número de sus lectores o lectoras era inapreciable. Fué entonces cuando arremetió contra nosotros. Primero contra Raúl.

César había cumplido sesenta y cinco años. Seguía siendo atractivo.

—Adorable —se lamentaba Raúl durante sus crisis de celos—. Adorable si no fuera por sus demonios.

Hace ahora cinco años a César se le ocurrió la genial idea —según él todas sus ideas eran geniales e inéditas— de convocar a un pequeño grupo de escritores jóvenes, de los que se mofaba en privado.

El simposio tendría una duración de dos días. Incluso barajó la posibilidad de alojarlos en su casa.

Le oímos decir, en repetidas ocasiones, que pensaba borrarlos del panorama literario después de que vomitaran su estúpida prepotencia.

Para entonces Raúl y yo nos habíamos distanciado. Delimitamos nuestro territorio. Incluso cambiamos de posición las mesas de trabajo separándolas todo lo posible. Sin embargo, ante este absurdo proyecto de César, hicimos causa común. Nos opusimos. Sobre todo yo, que me sentía identificada con los escritores, aunque no hubiera ninguna mujer entre los elegidos.

César nos amenazó. Podía prescindir de nosotros. Éramos una rémora que no aportaba nada a su proyecto. Con Raúl era especialmente cruel.

Raúl no replicaba. Seguía siendo un siervo devoto. Y, además, había sido —y lo seguía siendo, no me cabía la menor duda— un amante incondicional.

Las obras —para adecuar la mansión al evento— comenzaron cuatro meses antes de la convocatoria. Pretendía construir una especie de piscina —simulacro de piscina, concretó él— de pequeñas dimensiones. En el sótano; en el gimnasio, al lado de la sauna.

—Por muy pequeña que sea —replicaba Raúl—, no hay sitio. Y nadie la va a utilizar en esas fechas.

En principio, salvo que la construcción de la dichosa piscina tuviera otro propósito que no fuera el lúdico, el proyecto no superaba otras excentricidades de César.

Había cumplido ya los setenta años. Raúl tenía ocho años menos.

Raúl no daba más de sí y se quejaba. Era difícil encontrar vasos prefabricados para la piscina. Las medidas estándar no coincidían con las del proyecto.

—Y no hay sitio, repetía. El último peldaño de la escalera estará dentro del agua.

—¿Para qué está el ascensor? —voceaba César—. No se puede razonar con un viejo alcoholizado y caduco.

Y Raúl callaba.

La primera cena tenía que ser un jueves del mes de abril. Como la última cena, advirtió César.

Contrató dos camareros para el evento, con la condición, les dijo, de que, hasta entonces, fueran ellos los que excavasen el singular hueco para la denominada piscina del gimnasio.

Una fosa común, llegó a decir Raúl en uno de sus —cada vez más frecuentes— delirios etílicos.

Nadie podía bajar al sótano. Solo los camareros. Estaban recluidos en el gimnasio; vivían allí.

El chofer y el jardinero traían los materiales y herramientas. César —despreciando el ascensor— bajaba y subía en un estado de excitación que enmascaraba su agotamiento.

Apenas comía y las noches las pasaba estudiando las imágenes de los invitados, que había clavado en un panel de corcho —en una de las paredes de su despacho— como una simple colección de insectos.

La cocinera fue la primera en plantarle cara. La mujer se negó a que fueran los camareros quienes compraran los ingredientes para la cena del mes de abril. Y, mucho menos, que los elaborasen.

César lo cortó por lo sano: la mujer y el jardinero —su marido— aceptaron una indemnización sustanciosa por el despido.

Le dije a César que no contase conmigo. Que se había vuelto loco. Que yo no quería ser responsable de sus delirios. Que estábamos llegando demasiado lejos.

Me dijo que el proyecto era solo suyo. Que nunca había contado conmigo ni con nadie. Que la puerta de salida estaba a mi disposición y volvió a repetir lo de rémoras e inútiles.

Le pregunté si realmente pensaba rellenar el hueco de la piscina con cadáveres, como insinuaba Raúl.

Se rió a carcajadas, como hacía siempre que despreciaba a una persona.

—Qué necedad —dijo—. Pero, si eso os complace, habrá que rellenar con cadáveres la piscina. Aunque, como los muertos son incapaces de ir solos, necesitaré tu ayuda.

Cuando uno de los camareros subió con las manos y la ropa manchada de sangre, pensamos que César había alcanzado otro nivel en su demencia. No podíamos imaginar que la sangre era de él, del maestro, dijo el hombre. Se había caído cuando bajaba y, después de golpearse en todos y cada uno de los peldaños, acabó dentro de la zanja hecha para la piscina, justo al pie de la escalera. Habían llamado al 112, pero él nos reclamaba.

César estaba encajado en el hueco, boca arriba. Y, con un gesto de dolor al límite de su naturaleza, mantenía levantado el brazo derecho por el que discurría la sangre que brotaba de la mano.

Mientras yo intentaba controlar la hemorragia, Raúl recuperó un dedo de César. En la precipitada caída, el anillo que llevaba en el dedo central de su mano derecha se había enganchado en una de las varillas del molde para el hormigón, arrancándolo de raíz.

Lo del dedo podría decirse que fue lo de menos. Múltiples fracturas, incluida la de cadera, lo tuvieron sometido a varias intervenciones quirúrgicas, durante los meses de febrero y marzo. Cuando volvió a casa lo hizo en silla de ruedas. Necesitaba ayuda día y noche.

Haciendo evidente su desprecio por Raúl, lo relegó al sótano, a la habitación que se había improvisado para los camareros. El dormitorio contiguo al de César se destinaría a los sanitarios contratados. Una enfermera —día y noche— y un fisioterapeuta bajo la supervisión de los médicos especialistas necesarios.

En el tiempo récord de un año —dijo el médico— consiguió llegar al máximo de sus posibilidades: autonomía para moverse con la ayuda de un andador.

Esta mañana, el andador se ha atascado en las alfombras de la primera planta. Desde el taller he oído cómo César se caía. No ha dicho nada.

Me he dado cuenta de que se incorporaba. He seguido el débil sonido de sus pasos.

Luego he oído como golpeaba con los puños la puerta del ascensor. Y como, después de unos segundos, gruñendo, volvía a golpear con más fuerza. Llama a Raúl —me dije—.

Después escuché un estrépito —como si hubiera lanzado el andador contra una pared— y su respiración agitada.

Enseguida, una larga serie de golpes secos me hace suponer que se precipita por la escalera.

Terminé de precintar la última caja con mis libros —esta tarde me llevarán todo al apartamento; hoy es mi último día de trabajo—, y vine hasta aquí.

César está en el suelo de mármol del vestíbulo. De bruces. Estático. Al lado de la puerta del ascensor.

Sangra. Está inconsciente.

Raúl acaba de subir del sótano. Lo ha hecho en el ascensor y ha tropezado con el cuerpo de César.

—Se muere —dice, mientras simula buscar su teléfono.

—Espera. Dale tiempo —digo.

ALERTA POR NEVADAS

Alejandro Hernández López

—Parece que va a nevar.

No es la primera vez que dice algo así. Laura lo mira. Conduce. Es temprano y afuera es cierto que hace frío. Se da cuenta de que se ha afeitado.

No responde y enciende la radio. Suenan noticias.

—Pon algo de música.

Se ha afeitado mal. La línea de la barba es irregular y puede ver pequeñas heridas en el cuello. Lo tiene irritado, gira la cabeza y mira por la ventana el paisaje marrón que se extiende bien lejos. Hay unos árboles al fondo. Se ven pequeños y no distingue si son robles o castaños. Tiene claro que no son pinos.

—No son pinos —le dice y mueve el dial de la radio en busca de una emisora musical.

Carlos la mira un segundo y luego vuelve los ojos a la carretera. Le gusta su coche. Es viejo, pero le gusta cómo vibra, siente como el motor jadea sobre todo al agarrar el volante de cuero. Un tacto agradable. Afuera sale el sol. Es una línea naranja muy fina.

—Me acuerdo de cuando tomábamos zumo de naranja. ¿Te acuerdas?

Ella se mueve en su asiento y recuerda cuando iba a la frutería a comprar naranjas. Igual que cuando era niña, en su casa, su padre compraba naranjas cuando volvía con el camión. Eran mallas enormes, de diez o doce kilos, con naranjas como pelotas que se deshacían al mínimo contacto con el exprimidor. La memoria se desplaza a los tiempos en que conoció a Carlos. Se conocieron de noche y bebía zumo de naranja con vodka. Otra cosa que le gustaba era comer sándwiches vegetales repletos de atún, huevo cocido y mayonesa. El vodka le gustaba porque no sabía a nada o solo le sabía a zumo. Se da cuenta de que hace tiempo que no va a la frutería a comprar naranjas

—Tampoco bebes vodka.

Carlos sonríe al recordar aquellas juergas de juventud. Ya no bebe casi nunca.

—No. —Responde sin mirarla porque la luz del amanecer le complica la conducción—. El amanecer es complicado.

Laura no sabe si ese amanecer que acaba de nombrar Carlos se refiere al amanecer resacoso después de beber vodka con zumo de naranja o al de ese día que se cuela por el cristal. Le gusta la luz desmenuzada dentro del coche porque se desplaza casi como si fuese agua, un torrente extrañamente inmaterial. Eso piensa y sonríe.

—¿De qué te ríes?

Le quiere preguntar con complicidad, pero la pregunta parece un reproche. Su madre está enferma.

Van a casa de su madre porque está enferma y piensa Carlos que puede parecer que le está echando en cara tener una madre enferma.

—Ya te dije que podía ir yo sola.

Ambos saben que no puede ir sola porque nunca consiguió sacarse el carné. Seis intentos en la práctica y nada.

Les adelanta un coche a toda velocidad. Es un coche rojo, un coche precioso, rojo y con un alerón atrás que ruge furioso.

—Menudo hijo de puta.

—Sí, menudo hijo de puta.

La carretera es segura, una línea recta sin apenas nadie. Laura quiso comprar la casa en aquel pueblo. Un pueblo bonito, con casas y porches, pero lejos de la ciudad. Es difícil, piensa Carlos, es difícil trabajar en un pueblo pequeño de casas y porches y patios con barbacoas.

Habían intentado montar un bar. No Laura, ella tenía su trabajo de asesora fiscal para grandes empresas, sino Carlos. Carlos pensaba que un bar era una buena opción porque no le gustaba beber, pero sí los borrachos. Siempre le habían gustado los borrachos, sus rostros desencajados y sus reacciones. Laura puso sus ahorros y abrieron un garito que llevaba cerrado unos años en el centro del pueblo. La sabina, se llamaba, porque antiguamente había una sabina en la plaza mayor, símbolo del pueblo que se puede ver en el escudo. El árbol, le dijo el alcalde al llegar al pueblo, en su verticalidad, es el lugar sagrado donde el cielo se enraíza con la tierra. La sabina se secó hace mucho tiempo y la quitaron antes de su llegada al pueblo. Eso es todo lo que saben.

Emerge un tema recurrente desde la primera vez que viajaron juntos en coche: la idea de recoger a un autoestopista y que, luego, una vez dentro, resultase que el autoestopista fuese algún tipo loco o psicópata peligroso.

—¿Qué harías?

Habían fantaseado con esa idea sin saber muy bien por qué. No quedaban autoestopistas en las carreteras, esa era la verdad.

—Pisaría el freno a fondo, derrapando, para que el tipo se fuese hacia adelante sin querer y poder pegarle un puñetazo en la mandíbula, en el maxilar inferior.

—¿En el maxilar?

Carlos asiente.

—Sí, justo debajo de la mandíbula, para descolgarle media cara de un puñetazo.

A Laura le gustan las películas de puñetazos.

—¿Y luego? —, le pregunta.

Carlos la mira. Tiene que teñirse de una vez. El sol ya ha destrozado los restos de neblina que había abandonado la noche sobre los campos.

—Luego —continúa —, le daría con el codo en la nuca. Así —Y suelta el volante para hacer un gesto preciso con su brazo derecho asestando un golpe contra el reposabrazos también de un cuero algo gastado, pero muy agradable —. ¿Qué te parece?

Una noche, una vez, antes de conocer a Carlos, un tipo le metió mano al pasar por su lado. Lo hizo sin disimulo y le sonrió. Otro tipo, uno grande y feo, lo vio y, un segundo después, le recriminó al primero su acción. ¿Por qué has hecho eso? El primero le dijo que no había hecho nada, que no sabía de qué le hablaba. El grande, aunque quizás no era tan grande, le cogió del cuello y le dijo, yo tampoco voy a hacerte nada. Laura solía recordar esa escena muchos días. Sobre todo, cuando se iba a dormir, porque le generaba una extraña paz interior. Al hombre grande lo recuerda con el pelo denso y oscuro, con la frente estrecha y algo arrugada y los brazos velludos y gruesos como los de un gorila. El tipo acabó en el suelo de la discoteca y ella se fue de allí sin mirar atrás, sin esperar a hablar con aquel hombre que la había defendido.

—Creo que es una buena idea —le contesta viendo que repite el gesto con el codo—. Yo creo que así lo dejarías fuera de juego.

—Eso creo yo también.

Atravesaron un pueblo. A veces iban a ese pueblo para comprar la carne porque tiene mejor carne que la carnicería de su pueblo. Y más barata. No vieron a nadie en las calles, pero no pensaron nada raro porque estaba dentro de lo normal por las horas que eran.

—¿Qué hora es?

Laura coge el móvil del bolso y mira un momento a la peluquería donde, a veces, va para que le tiñan. Piensa que debe teñirse. Lo mira después, con la luz rebotando por la pantalla, y descubre una notificación. Su hermano. Cierra los ojos al verlo y apaga la pantalla.

—Las siete y cinco.

Mira por la ventana los últimos chalés que han construido. Tienen una bonita piscina comunal a la que les habían invitado unos amigos de ella, del trabajo de Laura, que vivían allí y que hacían barbacoas todos los domingos. Tienen una de esas barbacoas que son como hornos.

—¿Cómo se llaman esas barbacoas cilíndricas como la de mis amigos?

A Carlos no le gusta esa pareja. Piensa que son unos estirados.

—¿La de los estirados?

Asiente Laura y está a punto de coger el móvil, de leer el mensaje completo.

—Menudos tipos. ¿Te acuerdas del perro? ¿Te acuerdas del pobre perro que no podía respirar? Un pura raza... Un bulldog de mierda que no podía ni cagar solo. ¿Te acuerdas?

Claro que se acuerda. Del perro y de los dos niños vestidos como si el siglo diecinueve hubiese estirado sus décadas para llegar hasta ese patio de césped recién cortado. En eso, es verdad, suelen coincidir. Tienen ese mismo gusto con las personas. Si Carlos dice que los tipos son estirados ella suele pensar igual. Es más, aquella pareja no era santo de su devoción dentro de la empresa, pero tras muchas invitaciones para pasar por allí un domingo y probar las hamburguesas de David, un día aceptó. Le habían dicho cientos de veces que David hacía las mejores hamburguesas de la provincia.

—Valientes imbéciles —sigue Carlos.

—¿Y la mejor hamburguesa de la provincia?

Eso lo pregunta Laura, pero le cuesta soltar las palabras. Una náusea le viene desde el estómago. Se tapa la boca y Carlos piensa que estaba haciendo una broma. Suelta una carcajada.

—Joder, Laura, tampoco estaban tan malas las mejores hamburguesas de la provincia, no seas tan dura con tu amigo David don Perfecto.

David le había explicado que todas las mañanas, antes de desayunar, corría diez kilómetros y que, mientras corría, escuchaba audio libros para aprovechar el tiempo al máximo. Optimizar, recuerda que le dijo. Luego le dijo que le encantaba *Moby Dick*, que se lo recomendaba y que si quería le podía pasar el audio libro. Carlos le preguntó de qué iba *Moby Dick* y David le dijo que trataba sobre la derrota.

Laura abre la ventana. El verano quedaba lejos y el habitáculo se llena de un aire congelado que hace que Carlos se queje. ¡Qué haces!, pero Laura saca la cabeza fuera del coche y el pelo se le mueve con un sonido de látigos. Eso le hace sentir mejor y, por un segundo, puede olvidar el mensaje de su hermano. Empezaba con un "No tengas prisa". Eso había leído.

Al fondo, el sol se topa con las nubes negras que llenan el cielo y desaparece esa luz bonita que había centelleado por dentro del coche. Se torna más oscuro el día y a la derecha pueden ver un rebaño de ovejas que pastan quietas, sin apenas moverse, como si fuera un decorado.

—¿Y el pastor? No lo ven. Tampoco hay perros. Las ovejas cabecean buscando el piso cada pocos segundos. Laura ya ha cerrado la ventana, pero todavía retiene el sabor de los jugos gástricos en la boca.

Se quedan en silencio unos kilómetros.

—¿Tú crees que va a nevar?

Laura hipa al preguntar y Carlos la mira. Tiene los ojos repletos de lágrimas y, por un segundo, no sabe qué decir.

—Puede ser.

Carlos piensa, ojalá, ojalá aparezca un autoestopista.

—Pero igual no es nada —añade Carlos que lleva la mano a su pierna. Laura observa por la ventana las nubes que se van coloreando por dentro conforme el sol asciende. Coge otra vez el móvil y mira la pantalla, hay nuevos mensajes de su hermano.

—Ya verás, si no será nada.

Laura mira a su marido y se pregunta si pelearía por ella. No está muy bien físicamente. No es muy grande y cada día tiene más tripa. ¿A quién podría ganar? Se acuerda de David. Don Perfecto es todo lo contrario y tiene los abdominales marcados. Le gustan los abdominales marcados y los brazos de Don Perfecto. Sin duda eso le gusta.

—Hagamos una apuesta —intenta Carlos cambiar de tema—. ¿Crees que va a nevar o no?

Laura mira con atención las nubes y piensa en su madre. No quiere saber si está muerta. No quiere saberlo. Eso es lo único que sabe, que no quiere saberlo. Niega con la cabeza.

—Bien, pues te apuesto el desayuno a que nieva en la próxima hora. ¿Qué te parece?

Lo mira. Tiene el cuello irritado, como el de los pavos.

—Pero un desayuno de los buenos, con cruasán a la plancha y toda la hostia.

Ella piensa en que David seguro que no toma nada de hidratos. Jamás comería un cruasán a la plancha. Don Perfecto quizás no hacía las mejores hamburguesas de la provincia, pero tenía unos abdominales maravillosos.

Carlos le tiende la mano y le sonríe. ¿Hay trato?, le pregunta.

Laura siente como el móvil empezaba a vibrar y casi da un salto dentro del coche. Luego suena el comienzo de la canción. Es la canción de apertura de una serie, pero Carlos no recuerda de cuál.

—¿Quién es?

Eso lo pregunta Carlos que estira el cuello y puede ver el nombre de Arturo en la pantalla. Su hermano. Siente un pellizco de miedo. Sin embargo, la música sigue sonando.

—¿No lo coges?

Ella lo mira asustada y luego le da al botón verde.

—¿Has leído mis mensajes? —Escucha Carlos la voz del hermano de Laura. Ella le dice que no.

Entonces lo ve, al final de una recta larga que asciende levemente y que tiene un enorme pino justo arriba, ve a un joven a un lado de la carretera que se levanta al ver su coche. Un joven con un petate, todo muy pintoresco, piensa Carlos, que observa cómo levanta el pulgar a pesar de estar todavía muy lejos. Deja de escuchar la conversación de Laura y se centra en aquel tipo.

Es la segunda vez que se encuentra a un autoestopista en su vida. La primera, cuando era muy joven, no se atrevió a parar. Mira a Laura, pero ella habla con su hermano sobre su madre.

Dos años regentó La Sabina. Luego volvió a casa y empezó a cocinar postres. Eso le relaja, hacer postres y cocinar cualquier plato elaborado. Se le da bien cocinar casi todo. Mira al chico joven, de pelo largo, y aminora la marcha. Le toca la pierna a Laura para que lo vea, pero no le hace el menor caso.

—¿Lo recogemos?

La mira sonriendo. Ella llora. No mucho, tan solo unas lágrimas perezosas, y parece no ver a ese chico rubio. Carlos se da cuenta de que es rubio cuando está a apenas treinta metros, quizás un francés o un alemán que levanta el pulgar y se abraza con sus propios brazos.

Carlos mira la temperatura que marca el coche. Un grado.

—Tiene que hacer frío afuera —comenta con la intención de que Laura le haga caso.

Están cerca del pino y del chico alemán o francés cuando ella cuelga y lo mira con la cara sucia. Sorbe sonoramente los mocos que se le han acumulado durante la conversación con su hermano.

Carlos quiere preguntarle por última vez si le parece bien que recojan al autoestopista, pero no lo hace y ve la cara de decepción del chico francés o alemán cuando pasan a su lado. Es un chico guapo y con bigote. ¿Quién usa bigote a estas alturas? Laura, a su lado, se ha quedado muda.

—¿Qué tal tu madre?

Ella mira para atrás y cruza su mirada con la del autoestopista. Lo ve borroso por culpa de las lágrimas, pero no puede dejar de pensar que el chico es americano, a los americanos les gusta hacer dedo. Enciende de nuevo el teléfono y se fija, justo encima de los mensajes de su hermano que ya no hace falta que lea, que tiene una notificación de la aplicación del tiempo: hay alerta naranja por nevadas en la provincia. Sonríe, no puede evitarlo. Si paran a desayunar se pide un zumo.

CITA A CIEGAS

José Alberto García Macho

ROBERTO

Era su tercera cita y estaba seguro de que la cena iba a sorprenderla. Cuando un nuevo cliente de la agencia le habló de ese restaurante no tuvo dudas de que se trataba del lugar apropiado para lanzar el último ataque antes de la conquista definitiva. Luisa había resistido su asedio en los dos primeros encuentros, pero confiaba en que sus defensas se hubieran debilitado. Le había prometido una experiencia nueva, una velada que no se parecería a ninguna otra y que le costaría olvidar, y a ella le habían brillado los ojos de curiosidad, quizá de deseo, pero no le había hecho preguntas. En las dos citas anteriores, una habían ido a bailar a una discoteca repleta de famosos y, la otra, a ver *Don Giovanni* en el Teatro Real. La primera noche ella había rechazado sus insinuaciones con firmeza; la segunda tardó más en retirarle la mano de su rodilla en el coche durante el regreso, pero finalmente lo hizo y no le invitó a subir a su casa. A la tercera debía ser la vencida. Recordaba haber oído hablar de una regla infalible: si tres citas no eran suficientes para que la chica te llevara a su cama, entonces mejor no perder más tiempo con ella. Hasta donde podía recordar siempre había ganado el combate sin necesidad de llegar al tercer asalto.

Roberto era guapo, sobre eso no había discusión posible. Él lo sabía y ellas no podían ignorarlo. Tenía una amplia experiencia, a pesar de aquel doloroso paréntesis en su vida, del que prefería pensar que había salido sin apenas secuelas, tan firme y seguro de sí mismo como había entrado, o al menos eso se cuidaba de aparentar siempre con las mujeres. La semana pasada había cumplido cuarenta y ocho, pero cualquiera le echaría bastantes menos. Las canas eran pura anécdota en su cabellera negra y tupida, la superficie de su frente se había ampliado sólo lo suficiente como para darle un aire de mayor distinción que lo hacía decididamente más atractivo, las pequeñas bolsas bajo sus ojos y las arrugas incipientes dispersas en los párpados y en las comisuras de los labios no podían considerarse capaces de estropear el conjunto de unas facciones perfectamente regulares. Su boca seguía siendo firme y su voz grave, su nariz recta y sus orejas pequeñas e idénticas. Si acaso su mentón era demasiado prominente y eso hacía más visible la cicatriz que conservaba como recuerdo del día de su vida que más se esforzaba en olvidar, un surco enrojecido que nacía a poca distancia del labio inferior y avanzaba zigzagueando hacia el cuello.

Se había graduado en negocios internacionales y había viajado mucho. Era bilingüe en inglés y español. No le faltaba cultura, conversación, ni sentido del humor, aspectos todos ellos de los que conocía su verdadera importancia, y es por eso que nunca, desde el tiempo no tan lejano de su impaciente juventud, había olvidado que la belleza en un hombre casi nunca es suficiente por sí sola. Puede, sin embargo, que la precipitación siguiera siendo su principal defecto, aunque con la madurez había ganado en autodominio y era capaz de ocultar convenientemente ese y otros rasgos de su carácter que no le interesaba mostrar abiertamente.

Condujo sin apresurarse hasta la casa de Luisa, por el carril derecho de la Castellana en dirección norte. Todavía no se había acostumbrado al silencio de su nuevo Tesla, que sólo producía al desplazarse un zumbido fantasmal. Al fondo las cuatro torres se recortaban en un cielo de tormenta, de un pesado color gris invadido ya por algunas franjas rojizas, precursoras del próximo crepúsculo. En Cuzco giró a la derecha y enfiló Alberto Alcocer hacia la Plaza de la República Dominicana y, justo entonces, le sobresaltó un rayo que se dibujó nítido en el horizonte, y las nubes parecieron romperse con el estallido pedregoso de un trueno que sonó sorprendentemente próximo.

Cuando se detuvo para recoger a Luisa en la puerta de su casa del Pinar de Chamartín, gotas del tamaño de uvas golpeaban la carrocería como si llamaran a la puerta. Ella tardó unos minutos en aparecer en su portal y Roberto pensó que quizás había tenido que cambiarse a última hora para afrontar el diluvio. Salió a esperarla con el paraguas y la protegió mientras abría el coche y se sentaba en el asiento del copiloto. Llevaba un vestido corto de color beige bajo el impermeable negro y le dio un beso rápido en la mejilla mientras lamentaba la lluvia y le preguntaba si la veía bien para cualquiera que fuera el lugar al que se dirigían. Él la tranquilizó sonriendo mientras se ponía al volante. Su aspecto era perfecto pero aún no le diría a dónde iban.

Llegaron al restaurante con unos minutos de retraso sobre el horario de la reserva. Se había informado con antelación y no había servicio de aparcacoches, así que dejó el Tesla en el parking de la Plaza de Oriente y caminaron apresuradamente, ella de su brazo y él cubriéndola con el paraguas que siempre guardaba en el maletero. En la puerta les recibió un tipo vestido como los mayordomos de las películas inglesas, que, después de comprobar su reserva, los condujo hasta el guardarropa. La chica tras el mostrador los recibió con una sonrisa resplandeciente, como la de Julia Roberts en sus anuncios de perfumes, y les pidió que le entregaran también sus teléfonos, relojes, encendedores y cualquier otro objeto personal capaz de desprender luz o de emplearse para producirla. Luisa interrogó entonces a su acompañante con la mirada, y él se limitó a dar ejemplo entregando a la sonriente encargada su móvil y su Apple *Watch*.

El recepcionista les franqueó la entrada al restaurante descorriendo una pesada cortina negra más allá de la cual sólo había tinieblas.

Un camarero esperaba en el umbral con la mirada vacía fija en un punto indefinido del marco de la puerta

—Raúl será su guía y su acompañante esta noche. Él es ciego, como todos los demás empleados, salvo Clara, a la que acaban de conocer en el guardarropa, y yo mismo. Ustedes también serán invidentes a partir de este momento. Disfruten plenamente de la experiencia multisensorial que les proponemos. Bienvenidos a la oscuridad, y feliz velada.

LUISA

Se sentía optimista. Lo más difícil había sido establecer contacto sin que Roberto sospechara, pero ahora todo debería ir bien. Averiguar qué aplicaciones de citas utilizaba no fue demasiado complicado. Abrió varias cuentas en portales diferentes, por supuesto con fotos favorecedoras, en poses discretas pero atrayentes. Se había registrado en todos ellos con el mismo seudónimo: "Fata Morgana". Un colega de la Brigada de Delitos Informáticos le ayudó a diseñar su estrategia. Luisa se había mostrado con las características que deberían hacerla más deseable a los ojos de Roberto, había manifestado un discreto interés por él y luego se había mantenido en silencio por un tiempo, hasta que él la contactó con un mensaje muy directo, que demostraba bien a las claras que había mordido el anzuelo. Durante los dos encuentros anteriores Luisa había conseguido avivar la llama lo suficiente. No había más que ver cómo la había mirado hoy al recibirla en el coche y durante todo el trayecto hasta el restaurante, desde el apartamento que tenía alquilado por semanas otro compañero bajo un nombre falso, y que él creía su casa. Con deseo, con impaciencia, y lo más importante, sin sospecha. Todo iba bien.

Estaba tranquila pero hasta cierto punto sorprendida. Lo de la cena en la oscuridad no era previsible. No casaba bien con el carácter de Roberto. Tenía una personalidad narcisista, le encantaba exhibirse, hacer ostentación de su físico, de su riqueza, de su poder, de su capacidad de seducción. Todo eso estaba en su ficha, la había leído tantas veces que se la sabía de memoria. Y sin embargo hoy había renunciado voluntariamente a utilizar las que consideraba sus mejores armas ¿Debería preocuparle la aparente incongruencia del lugar que había elegido para su tercera cita? No lo creía. Seguramente sólo intentaba mostrarse como un hombre con facetas que ella desconocía, no tan superficial o tan carente de empatía como pudiera parecer. Puede que hubiera pensado que nada mejor para ello que una cena cara en un establecimiento que, según les acababa de explicar su guía, destinaba la mayor parte de sus beneficios a la investigación clínica sobre las enfermedades causantes de ceguera y a la financiación de tratamientos experimentales para invidentes.

Caminaron por el comedor en fila india, en medio de una negrura tan compacta que hacía imposible imaginar las dimensiones del local o el mobiliario que podría interponerse en su camino. Luisa se aferró a los hombros salvadores del camarero, mientras

Roberto hacía lo propio con los suyos. Durante el trayecto hasta su mesa se sintió indefensa, ferozmente desorientada, como si en lugar de caminar tanteando el suelo a cada paso estuviera flotando en el interior de una espesa mancha de tinta. Ninguna pista sobre la decoración del comedor, o sobre si estaba vacío o por el contrario lleno de gente. Sólo percibía algunos rumores apagados que provenían de mesas próximas. Muchos o pocos, los clientes hablaban en voz baja, como si les intimidara la violenta oscuridad que les rodeaba o les preocupara ser oídos por extraños quizá muy cercanos, a los que sin embargo no podían ver. Por lo demás, apenas era audible el tintineo de las copas y el choque precavido de los cubiertos con los platos.

Se detuvieron y el camarero guio su mano hasta el respaldo de la silla, y luego la redirigió hacia el borde de la mesa. Se acomodó mientras Roberto trastabillaba y le asestaba a su asiento un doloroso rodillazo, o una involuntaria patada, con esa torpeza propia de los hombres voluminosos que no parecen controlar del todo el movimiento de sus extremidades. Él ignoró el golpe y no se quejó. Luisa pensó que esa reacción sí que encajaba plenamente con el personaje. No podía permitirse ser débil, y menos aún mostrarse como tal ante una mujer a la que pretendía conquistar.

Al cabo de poco tiempo alguien que se identificó como la *maître* se les acercó y recitó para ellos la carta de vinos con una voz neutra, desapasionada, del todo desprovista de inflexiones, y sin ningún acento reconocible. Se sorprendió a sí misma intentando imaginar cómo sería aquella mujer. Supuso que alta, porque la voz parecía provenir de una posición bastante elevada, y joven, no más de treinta a treinta y cinco años a juzgar por su textura firme y limpia de soprano. Roberto eligió un Ribera del Duero reserva, con un nombre resonante que prometía a partes iguales unas elevadas cualidades gustativas y un precio no menos sobresaliente.

La *maître* regresó al cabo de unos minutos con la botella, la abrió y solicitó a Roberto que probara el vino. Él localizó en el aire la copa que se le ofrecía, y después de echar un par de traguitos y mostrar su conformidad, inició una larga perorata sobre sus características. Lamentó que Luisa no pudiera verlo, pero le describió su color, que debía imaginar de un púrpura brillante, la lágrima que podría advertirse al trasluz en la copa, y ponderó su sabor, en el que se identificaban con nitidez aromas a roble y vainilla, con un toque de frutos del bosque, y, si se fijaba, también los olores terrosos del viñedo del que provenía, e incluso el frescor de la mañana en la que vendimiaron las uvas fragantes que sirvieron para elaborarlo, o el aroma de los pinos del bosque cercano. Luisa no le prestaba atención y se sorprendió a sí misma relajada, disfrutando de su recién adquirida ceguera, no sólo porque en efecto sus otros sentidos parecieran haber adquirido de repente una potencia y una agudeza desconocidas hasta entonces, sino también porque ella, como todo lo que la rodeaba, se había convertido en invisible y eso le permitía entregarse sin disimulo a sus pensamientos, a repasar los detalles de su plan.

Durante la cena no bebería demasiado aunque él sí debía hacerlo. Luego irían a tomar algo en un bar de copas de los alrededores. Simularía estar achispada y con la guardia baja y aceptaría cuando se lo propusiera subir a tomar la penúltima en su casa, que quedaría casualmente cerca. Allí aprovecharía la primera ocasión para añadirle la escopolamina a su bebida (había de todo en el almacén de la UDYCO) y en cuanto él dejara de ser dueño de su voluntad tendría que decidir si follárselo primero o pasar directamente a registrar su apartamento. Quizá tirárselo no fuera muy profesional pero tenía que reconocer que le apetecía hacerlo. Luego revolvería todo, se llevaría el dinero y los objetos de valor que pudiera encontrar para simular un robo y, sobre todo, le requisaría a Roberto su portátil, su móvil y cualquier otro dispositivo en el que pudiera guardar la información que buscaban sobre la forma en que blanqueaba en Europa el dinero del cártel con el que se le relacionaba.

Lo más difícil ya estaba hecho. Nada debería torcerse a partir de este momento. Mañana Roberto despertaría en su piso saqueado, maldeciría lo estúpido que había sido al dejarse liar por una furcia de tres al cuarto, buscaría a Fata Morgana en las redes, sin encontrarla, y descubriría, si lo intentaba, que no vivía donde le había dicho que lo hacía. Por supuesto no denunciaría el robo, porque a sus socios mexicanos no les gustaría verle hablando con la policía española, ni siquiera en calidad de víctima de un delito que tenía un punto de humillante tomadura de pelo.

SERGIO

Mientras esperaba en la oscuridad pensó que su vida era un desastre, aunque a muchos pudiera parecerles envidiable. Cuando le preguntaban a qué se dedicaba, él siempre decía que era periodista de investigación, recalcando mucho más la especie que el género. No quería que le confundieran con los buscadores de basura que trabajaban en el plató de al lado, en el magacín de Clara Pintado, la reina de la mañana. Y mucho menos soportaba que le recordaran que él empezó con ella, de meritorio, recogiendo los micrófonos que se le caían al suelo a la gran estrella, acosando a famosos y familiares de víctimas de delitos violentos, y sintiéndose justamente odiado por todos ellos.

Ahora formaba parte del equipo de investigación de la casa, habían advertido en él cierta tendencia a pisar charcos y meterse en líos, y decidieron darle una salida profesional acorde con sus cualidades. Al menos ya sólo acosaba a delincuentes que tenían de presuntos lo mismo que tenía él del periodista que debería haber sido.

En realidad Sergio quiso ser corresponsal de guerra. Cuando era un crío vio una vez por televisión una crónica de Pérez Reverte durante el sitio de Sarajevo. Los disparos crepitaban como tracas de feria y la gente corría en todas direcciones, el cielo nocturno se iluminaba a cada momento con los fogonazos de las explosiones y el surco luminoso de las balas trazadoras, la imagen bailaba al compás del temblor del pobre diablo que sostenía la cámara, pero el audaz reportero ni siquiera pestañeó en medio de aquel terrible escenario. Unos años después le pidió que le firmara su *Territorio comanche* a la salida de una conferencia en la Facultad, y el ídolo de su adolescencia pasó a su lado sin mirarlo ni dar señal de haberle oído, tan indiferente a su ruego como a las bombas serbobosnias. A fin de cuentas quizá no era valiente, sino sordo. Y ciego.

Y hablando de no ver, aquí estaba él, en su primera cita a ciegas indudablemente merecedora de tal nombre, esperando en medio de la oscuridad a su misterioso ligue virtual, al que no había visto nunca. Ella había hecho la reserva a nombre de Sergio y le había mandado un mensaje con el lugar y la hora, sin dar detalles. No sabía qué aspecto tendría Susana, su perfil no tenía foto y lo que contaba sobre sí misma no serviría para diferenciarla de nadie. Un par de frases hechas, gustos y antipatías ordinarios, ningún rasgo característico. Susana sería también un nombre falso. En realidad no fue él quien se fijó en ella y si estaba aquí era sólo porque la chica le había propuesto quedar con mucho descaro, sugiriendo, aunque sin mencionarlo, sexo rápido y sin complicaciones, justo lo que le hacía falta después de una semana siguiendo a todas partes, alcachofa en mano, a testigos y sospechosos en una compleja trama internacional de trata de mujeres.

Al cabo de unos minutos Susana hizo su aparición, o más bien se materializó de repente, como en un truco de magia. Se preguntó cómo habría llegado a la mesa sin un solo tropezón y sin que aparentemente nadie le hubiera conducido hasta ella, cuando él había necesitado para conseguirlo, y luego para sentarse en la silla y localizar el plato, la ayuda de un camarero no demasiado comprensivo. Le saludó con un par de besos rápidos y luego la oyó servirse un vaso de vino con irreprochable puntería mientras se presentaba, con una voz clara y agradable, pero con un tono distante y poco cariñoso, muy diferente del excitante contenido de sus mensajes en el chat. Le preguntó qué le parecía el sitio como quien habla del tiempo, y él respondió de modo poco afortunado que se lo diría si alguna vez conseguía verlo.

Durante la cena ella habló poco. Parecía distraída, y sin embargo era mucho más hábil que la mayoría de sus entrevistados esquivando sus preguntas. No habló de su vida, ni de sus gustos, ni de las razones por las que buscaba pareja, o parejas, por Internet. La única forma de evitar un embarazoso silencio fue para Sergio contestar él sus propias preguntas, como si ella las hubiera formulado. La falta de interés de Susana parecía evidente y se preguntaba por qué razón le habría citado. Cuando llegaron los postres él también había dejado de intentarlo y se limitaba a procurar no echarse encima el suflé (o lo que fuera aquello) y a escuchar con disimulo la conversación de la pareja de al lado, bastante más animada que la suya.

El hombre era un auténtico fantasma. Al principio de la velada le había largado a su compañera un rollo verdaderamente infumable sobre el vino que iban a beberse, que ella había soportado sin una queja. Ahora, cuando volvió a poner atención a lo que decían, seguía hablando de sí mismo sin ningún pudor, no obligado por el silencio de ella, como le sucedía a él con Susana, sino simplemente encantado de conocerse y convencido de que su pareja, que también parecía reciente, le encontraría del todo fascinante. La mujer le caía bien. Aguantaba a aquel tipo con estoicismo y un punto de inteligente ironía que él no era capaz de detectar. De repente cedió a la tentación de abordarla. Ojalá aquello, en lugar de un restaurante en la oscuridad, fuera un local de intercambio de parejas. Estaba seguro de que la chica de la mesa de al lado le gustaba más que la suya, incluso sin haber visto nunca a ninguna de las dos.

Sergio dejó caer intencionadamente su tenedor al suelo, cerca de la silla de aquella mujer. Ella se inclinó instintivamente a recogerlo y él hizo lo mismo, de forma mucho más cuidadosa para que no tropezaran. Las manos de los dos se encontraron sobre la tarima, tanteando en busca del tenedor. Al final fue ella quien lo encontró y se lo pasó a Sergio. Sonrieron, se disculparon, comentaron lo difícil que es todo cuando no puedes ver, se presentaron a sí mismos y a sus parejas respectivas, que no parecían muy interesadas, por el contrario, en conocerse. Finalmente quedaron en saludarse a la salida del restaurante.

Todavía tuvo tiempo de escuchar, antes de que les trajeran la cuenta, algunas tonterías proferidas por el acompañante de Luisa. Parecía que el incidente del tenedor, y el hecho de haberse citado en la calle, hubiesen contribuido a precipitar el final de la velada. Le daba la impresión de que Susana había entendido perfectamente que el cubierto no cayó al suelo por accidente, y percibía que no era la cada vez más clara desatención de él lo que la incomodaba, sino más bien que Sergio hubiera quebrado de algún modo, contactando con sus vecinos, sus planes para esa noche, el curso que ella había previsto para los acontecimientos.

Pagaron los dos hombres, se levantaron a la vez ambas parejas de sus asientos y salieron juntos del local, de nuevo en fila india tras su guía, sincronizando sus cortos pasos para no pisar cada uno a quien llevaba delante, Susana al camarero (aunque no parecía que le costara ningún esfuerzo seguirle), luego él, después la mujer de la mesa de al lado, que le ceñía la cintura con unas manos menudas de largos dedos, y por último su acompañante, del que ya no recordaba el nombre. La penumbra del pasillo que conducía al guardarropa le deslumbró por contraste con la total oscuridad del comedor. Casi le dolió pensar en los faros de los coches o la iluminación de las farolas, y su reflejo en la calle mojada. Efectivamente, cuando los cuatro salieron al exterior, Sergio tardó unos instantes en poder ver claramente a sus acompañantes. Y cuando lo hizo, se llevó un par de sorpresas.

La primera era la explicación de la soltura con la que Susana se había manejado en el interior del restaurante, quizá también el motivo de que no hubiera foto en su perfil del portal de contactos. No pasaría de cuarenta y tenía unas facciones agradables, aunque los ojos no eran visibles detrás de unas gafas negras como la oscuridad que acababan de abandonar. Enseguida extendió un bastón telescópico con el que tanteó la acera a su alrededor. Se sintió engañado, aunque tuvo que reconocer que no había razón para ello. Sergio se había prestado a aquella cita, no le había hecho a ella ninguna pregunta, e igual que era ciega él podría haber sido jorobado o parapléjico y ella no habría tenido derecho alguno a quejarse. Supuso que Susana sería cliente habitual de aquel lugar, al que todos acudían para sentirse invidentes por unas horas mientras que ella seguramente lo hacía por motivos totalmente diferentes, precisamente para estar, gracias a su ceguera, en iguales o incluso mejores condiciones que los que podían ver, mientras durara su estancia en el restaurante.

La segunda sorpresa fue aún mayor que la primera. Ninguno de los componentes de la pareja vecina, presuntamente desconocidos, lo eran en realidad.

Reconoció a Fata Morgana nada más verla. Su imagen del perfil no le hacía justicia, era incluso más atractiva en persona. Había intentado establecer contacto y ella le había rechazado sin más, y ahora la casualidad les había reunido en un lugar en el que nunca se le habría ocurrido buscarla. Menos aún sabiendo quién era en realidad. No debía haberlo hecho, pero le dio a Hugo su foto y le pidió que averiguara su verdadera identidad. Hugo era el informático del equipo, un tipo verdaderamente hábil en lo suyo. Tardó pocos días en encontrar la única coincidencia que al parecer existía en Internet. Una imagen de hacía unos cinco años, en la que Fata Morgana aparecía de uniforme, tras su jefe, en una rueda de prensa dando cuenta de la aprensión de un importante alijo de cocaína, frente a una mesa en la que se exponían la droga, el dinero y las armas incautadas a los narcos. Apenas se la distinguía bien, pero Hugo había mejorado la calidad de la foto y no cabía duda de que era ella. La inspectora Luisa Domínguez, de la UDYCO. Sergio casi se sintió aliviado al no descubrir en ella ninguna señal de reconocimiento o de alarma cuando se dieron dos besos en las mejillas. No parecía que recordara a Iván, uno de los muchos que la habrían abordado en la red hacía ahora aproximadamente un mes, y a los que habría rechazado.

Lo de su acompañante era una casualidad aún más increíble, y más peligrosa además. Su foto estaba en el centro del corcho que habían colgado de la pared de la redacción, entre los principales sospechosos de la trama de blanqueo que estaban investigando. Roberto Arias Calleja, único propietario de la agencia inmobiliaria International Real Estate, con oficinas en Barcelona, París, Milán y Londres y sede en Madrid. Hijo de un gallego emigrado a California que hizo fortuna con la compraventa de inmuebles en Los Ángeles en los años ochenta, y de una norteamericana, profesora de historia en la UCLA. Él estudió negocios internacionales en la misma Universidad en la que su madre daba clases, y debió de terminarlos gracias a su ayuda y a sus influencias, porque fue un pésimo estudiante. Sólo le interesaban las mujeres, mejor cuanto más jóvenes y una de ellas, una camarera hispana de apenas dieciocho años, que servía las bebidas en el bar al que acudía cada viernes con sus compañeros de curso, fue su perdición. La abordó en el baño de mujeres del establecimiento, ella se resistió y él le dio una bofetada y la medio desnudó y manoseó de arriba abajo. La chica lo denunció y Roberto tuvo la mala suerte de topar con una juez dispuesta a darle un escarmiento al niño mimado que se creía con derecho a abusar a su antojo de la muchacha pobre y trabajadora. Le cayeron cuatro años y medio de condena, sin posibilidad de beneficios penitenciarios. Pero lo peor no fue eso. El padre de la chica era un "dealer" de tres al cuarto, empleado del cartel de Sinaloa, que pidió ayuda a sus jefes más allá de la frontera. Nada más entrar en la prisión estatal de Folsom, un par de tipos de la mafia mexicana le dieron una paliza y lo dejaron casi muerto en mitad del patio, sin que los guardias hicieran nada para impedirlo. Lo trasladaron a la cárcel de Corcoran, que dispone de unidades de alojamiento para internos que precisan protección de otros presos, pasó varios meses en la enfermería y el resto de la condena en régimen de semiaislamiento. De aquello le quedó de recuerdo un corte muy característico entre la barbilla y el cuello, donde le alcanzó uno de los malandros con la pieza que se había fabricado con tapas de latas de conserva sisadas del economato.

Todo aquello eran hechos, el resto no pasaba de conjeturas y a eso llevaban dedicados en su equipo más de un año. Estaban casi seguros de que los de Sinaloa llegaron a la conclusión de que aquel pinche güero, con pasaporte español y un padre con una floreciente agencia inmobiliaria, podía serles más útil vivo que muerto, así que, nada más salir de la trena, debieron de hacerle una oferta que no tenía más remedio que aceptar. Su vida a cambio de regresar a España, montar una sucursal de la agencia de su padre con dinero del cartel y, bajo esa tapadera, dedicarse a la compra de viviendas de lujo en las ciudades más caras de Europa, por cuenta de supuestos inversores norteamericanos, y revenderlas después, transfiriendo el dinero ya blanqueado a cuentas numeradas de los narcos en las Bahamas y las Islas Caimán.

Y ahora acababa de sorprender al empleado de los narcos cenando con una policía española encargada de perseguirlos. Disimuló su sorpresa mientras estrechaba la mano de Roberto. Se le ocurrían dos únicas posibilidades para explicar la cita de aquellos dos en un lugar en el que difícilmente podrían ser vistos (nunca mejor dicho): o la inspectora Domínguez pretendía atrapar y convertir en informante a uno de los blanqueadores más destacados del cartel de Sinaloa, o bien el señor Arias intentaba corromper o comprometer de algún modo a la policía. Vista la actitud y la conversación de los dos durante la cena, parecía mucho más probable lo primero que lo segundo. Por supuesto, ni se le pasó por la cabeza la posibilidad de que lo que hubiera surgido entre ellos fuera amor verdadero.

SUSANA (NOMBRE SUPUESTO)

Debería haberse fijado más. No se había detenido a valorar su profesión. Periodista de un programa de la tele, ni más ni menos. Un tipo curioso, impertinente, impulsivo..., un metomentodo. Ella deseaba un acompañante anodino que justificara su presencia en el restaurante, uno que buscara únicamente lo que ella no pensaba darle, sexo sin complicaciones, y que dejara de desearlo cuando descubriera que había compartido mesa y mantel con una ciega. Sólo podía esperar que su error no acabara por costarle caro.

Le pareció extraño que él estableciera contacto con la pareja de la mesa de al lado. En ese momento las cosas acabaron de torcerse. No quería ponerse paranoica, pero había aprendido a sospechar siempre de las casualidades. Aquel tenedor cayó al suelo en el momento más inoportuno y tuvo como consecuencia que los cuatro se encontraran luego en la calle, donde ellos podían verla y ella no podía verlos. Por otra parte, en aquel momento percibió algo extraño en Sergio. Por la inflexión de su voz y la forma dubitativa en la que respondió al saludo de Roberto y de su acompañante, le pareció entender, por increíble que pareciera, que también él podía conocerlos de antes, a uno de ellos o incluso a los dos.

Luego no había sido difícil deshacerse de él. Pero incluso eso la tenía preocupada. No sabía si Sergio la ayudó a parar un taxi y aceptó sin apenas protestar que ella se fuera a su casa sola nada más salir del restaurante únicamente porque no le apetecía acostarse con una ciega, o también porque él tenía sus propias razones para dar por finalizada la cita cuanto antes.

No había que darle más vueltas. Puede que Sergio fuera un cabo suelto o puede que no lo fuera.

Periodista. Una mala elección, desde luego, pero habría que confiar en que su mal presentimiento respecto de él no estuviera justificado. Lo normal era que se olvidara de ella, que no estableciera ninguna relación entre la ciega del restaurante y Roberto Arias, aunque sin duda se enteraría de su muerte. ¿Llegaría a atar cabos y a pensar que el crimen podía haberse producido en la oscuridad del restaurante? No había forma de saberlo con certeza. Pero cortar preventivamente el posible cabo suelto podría ser un error aún mayor, si no estuviera verdaderamente justificado hacerlo, así que no quedaba sino seguir alerta y esperar.

Le dijo al taxista que la dejara a cuatro manzanas de la casa de María. Conocía bien el barrio y recorrió las calles sin desorientarse, antes de entrar en el portal. Luego abrió con su llave la puerta del apartamento. Sabía perfectamente dónde guardaba María los licores. Se sirvió una copa, se quitó los zapatos y se sentó en el sofá del salón, todo, por supuesto, sin encender la luz. Luego esperó. Y siguió pensando mientras esperaba.

Hasta que María no llegara a casa no sabría con certeza que había cumplido con su parte. Siguiendo sus instrucciones, un español que colaboraba con el cartel, llegado hacía poco de Tijuana, le recomendó el restaurante a Roberto. María la avisó cuando al cabo de unos días Arias solicitó por teléfono una mesa para dos, y le reservó a ella la mesa contigua. Cuando Susana llegó, Roberto y la desconocida que le acompañaba, seguramente un ligue reciente, acababan de sentarse. También había llegado ya

Sergio, su involuntario socio aquella noche. Le entregó el vial a María justo antes de que ella les recitara la carta de vinos al objetivo y a la mujer. Después María fue a la cocina y volvió con la botella que descorchó en su presencia antes de servirle a su víctima una copa de vino para que lo probara. A oscuras todo es más sencillo si eres ciego. No le cabía duda de que fue en ese momento cuando María le administró el talio. Se las daba de experto aquel hijo de puta, pero ni mucho menos lo había detectado entre tanta madera de roble, tanta vainilla y tantos frutos del bosque. María tiene su código y seguro que habría puesto el veneno en el vino que sólo Roberto bebería. No le haría daño a la mujer que le acompañaba. No se permitía daños colaterales.

También ella procuraba evitarlos. A lo largo de su carrera de asesina se había ganado fama de eficaz, pero también de realizar un trabajo limpio, de no dejar nunca la más mínima huella, de no llamar la atención. Siempre con veneno, preferentemente de efecto retardado y difícil de detectar. En la mayor parte de los casos nadie había sospechado de muertes aparentemente naturales. Su padre era un buen ejemplo. Fue su primera víctima. Capitán de marines, una mala bestia, su madre no sabía dónde se metía cuando se enamoró de él en Torrejón, parecía sólo un militar atractivo y amable, un americano ingenuo e inofensivo, incluso un buen partido. Pero las falsas apariencias duraron muy poco más que su noviazgo. Se la llevó a California una semana después de la boda, y allí la maltrató todos y cada uno de los días que duró su matrimonio, antes y después de que ella diera a luz, incluso durante su embarazo, y luego también a su única hija ciega de nacimiento, como si la culpara por "no ser normal", por avergonzarlo con su minusvalía, por ser una carga inútil, al igual que la imbécil de su madre. No dejó nunca de emborracharse y golpearlas hasta que por fin le detuvo el matarratas que ella inyectaba por las noches a través del tapón irrellenable de sus botellas de bourbon.

Después de esa primera vez encontró en el veneno un modo de vida. Abrió una página en la Internet oculta y empezó a aceptar encargos. Le ayudó ser ciega. Siempre resultaba más fácil acercarse al objetivo sin levantar sospechas si se hacía con la ayuda de un bastón blanco. Se convirtió en una experta en el uso del polonio o del talio, al nivel de unos pocos agentes de inteligencia rusos. Conseguir el producto era difícil, pero no imposible. Todo está en la red si se sabe buscar, todo puede conseguirse anónimamente si se averigua cómo y a quién comprarlo y se está dispuesto a pagar un precio proporcional a la dificultad o el riesgo asumido por el vendedor. Sus costes eran muy elevados y sus honorarios, en consecuencia, no estaban al alcance de cualquiera. Sus clientes tenían necesariamente que ser muy ricos. Y nadie lo es más que el cártel de Sinaloa, el más importante de México desde hace décadas.

Ya trabajó para ellos como asociada una vez en el 2012 y las dos partes quedaron satisfechas. Domingo Robles, el jefe que la contrató, exigió conocerla personalmente. Fue la única vez que se encontró cara a cara con uno de sus clientes, pero el contrato merecía la pena y es difícil y muy peligroso negarle algo a los de Sinaloa. Habían oído hablar bien de ella, la Sombra, el Crótalo, aunque nadie del cartel la hubiera visto nunca. Tenían un problema con un soplón al que querían cargarse, protegido por la DEA en una prisión de máxima seguridad en Colorado. No fue fácil, ni rápido, pero al final consiguió suplantar a una prima en la que el chivato confiaba y mandarle con su nombre paquetes de pasteles y magdalenas, en cuyo interior disimuló bolsitas de coca contaminada con dosis más que suficientes de plaguicidas, que acabaron con él en pocas semanas.

Fue entonces cuando conoció a María. Robles la tenía en su casa, por deferencia a su padre, muerto durante la guerra contra los Zetas. El papá de María era uno de los camellos del cártel en San Diego. Nadie importante, pero dos tipos entraron un día en su casa y lo ejecutaron sin más, a él y a su mamá, y después la dejaron ciega a ella echándole ácido en los ojos sólo para divertirse. Se libró Paulina, la hermana pequeña, porque estaba visitando al psiquiatra que la trataba desde que abusó de ella un gachupín hijo de la gran puta, con el que mira tú por donde, acababan de ajustar cuentas.

El español había salido al final bien librado. Volvió a Madrid donde se daba la gran vida, como si tal cosa, gracias a su comisión por el blanqueo del dinero del cartel. Mientras los de Sinaloa lo permitieron aquel cabrón siguió siendo intocable. Pero no tuvo suficiente y empezó a quedarse con parte de los beneficios generados por algunas ventas de inmuebles, y por eso habían recurrido de nuevo a ella. El tipo había traicionado la confianza del cártel y debía morir pero, para no quemar la agencia como tapadera para el blanqueo, convenía hacerlo con discreción y sin ruido. Y en eso ella era la número uno.

Había sido un caso de verdadera justicia poética. Desde que encontró a María en casa de Robles, ya no habían vuelto a separarse. Vinieron juntas a España buscando una vida más tranquila, las dos bajo identidades facilitadas por los falsificadores de documentos del cartel. Descubrieron juntas que se querían cuando María reconoció por fin que tampoco a ella le gustaban los hombres. Tenía ahorrado dinero suficiente para que las dos vivieran sin trabajar durante muchos años, pero María era orgullosa, no estaba dispuesta a que la mantuvieran, y consiguió un puesto de *maître* en el restaurante en el que después de muchos años había podido cumplir su venganza, y en el que nadie sabía nada de su pasado, ni de su pareja, ni siquiera de que fuera mexicano-americana, empeñada como estaba en disimular su acento y sustituirlo por otro neutro e inidentificable, un poco robótico, que contribuía a acrecentar su fama de persona extraña, pero seria y cumplidora con un trabajo que quizás ahora, por precaución, sería mejor que abandonara.

A Arias le habría matado ella misma y lo habría hecho gratis, pero era María quien tenía todo el derecho de cargárselo. Hacía poco fue su cumpleaños y poder enviar ella misma al otro barrio al cabrón que abusó de su hermana le había hecho mucha más ilusión que el collar que le había regalado por su aniversario.

Justo cuando estaba pensando en ello, oyó la llave de María girar alegremente en la cerradura.

OTRA VEZ SERGIO (EPÍLOGO)

El domingo amaneció un día templado pero ventoso, con nubes altas y menudas que se desplazaban velozmente por el cielo y una multitud de hojas de color vino caídas con la primera otoñada, que volaban a algunos centímetros del suelo sobre las calles y las aceras del barrio. Se puso las zapatillas y salió a correr. Siete kilómetros y medio por un circuito de su invención que tenía ya del todo instalado en el cerebro, y que recorría como un autómata, sin que la carrera le impidiera ocupar la mente en otra cosa.

La cita a ciegas del viernes por la noche daba para uno de los relatos que escribía en sus ratos libres. Sergio acudía cada semana a un taller de escritura creativa, y, aunque creía firmemente en el periodismo como género literario independiente y perfectamente respetable, no por eso dejaba de aspirar a una carrera como escritor de ficción. Le rondaba la cabeza el argumento de una novela que sería muy negra y muy urbana, aunque él escribía con mapa y todavía no tenía del todo decidida la ruta a seguir para culminarla.

Mientras trotaba por uno de los caminos interiores del Parque del Oeste se le ocurrió que la poli atractiva de la UDYCO y el fantasma sospechoso de blanquear dinero del narco eran buenos personajes para su historia. Seguía intrigándole qué harían el ratón y el gato cenando juntos en un lugar de por sí misterioso y oscuro.

Justo cuando llegó al Templo de Debod sonó el móvil. Recordó el recientemente reconocido a escala europea "derecho de desconexión" de los trabajadores y pensó en no contestar, porque, sin haber mirado la pantalla, no le cabía duda de que quien llamaba un domingo a las diez de la mañana no podía ser otro que el redactor jefe del programa, Rodrigo Nuño, alias el Tocahuevos.

Acertó de pleno:

—Sergio, ya sé que es domingo, pero esto no puede esperar.

—Todo puede esperar, Rodri, si se tiene la paciencia suficiente.

—Juzga tú mismo. Me acaba de llamar Alfonso Pahino, ya sabes ¿no? El madero que tenemos en nómina en la comisaría de Salamanca. ¿A qué no te imaginas a quien han encontrado muerto en su casa?

—Soy muy malo adivinando.

—Ni más ni menos que a Roberto Arias, nuestro hombre más buscado de los últimos meses.

Sergio dejó en el acto de trotar y se sentó en el banco más próximo

—¿Estás seguro de eso?

—Absolutamente. La señora que le hace la limpieza encontró ayer por la tarde el cadáver. La casa estaba patas arriba. Tenía toda la pinta de un robo. No reventaron la caja fuerte que tenía en el dormitorio pero se llevaron objetos de valor, dinero en efectivo, lo que estaba a la vista. También parece que los ordenadores y el móvil y los demás cacharros tecnológicos que pudiera tener en casa, porque no se encontró ninguno de ellos. No hay huellas. Pero había un par de copas en la mesa. Una la habían limpiado a conciencia y la otra tenía rastros de escopolamina.

—¿Lo qué?

—Burundanga, coño, que pareces nuevo. Hasta aquí todo normal. La típica faena tramada por una puta de lujo que le ha limpiado la casa después de drogarlo. Arias era muy putero como bien sabes. Y le gustaban caras. Así que lo primero que pensó la madera es que a la puta se le fue la mano con la burundanga y el tío la palmó de la forma más tonta.

—Pues si parece un pato, nada como un pato y grazna como un pato, lo más probable es que sea un pato ¿no? Mañana lo hablamos si te parece, Rodri, no me jodas más.

—Tu ríete. Pero es que hay algo que no encaja, según Pahino.

—¿Ah sí?

—Le ha costado contármelo porque dice que son detalles de la investigación que está obligado a no revelar, y que se la está jugando. La autopsia aún no es oficial, pero parece que a Arias lo envenenaron por partida doble. ¿Te acuerdas de Litvinenko?

—¿El ruso al que se cargaron en Londres? ¿El exespía?

—El mismo. Pahino dice que a Arias pudo matarlo la burundanga pero es más probable que lo hiciera algo mucho más raro. Han encontrado en el cuerpo rastros de talio. Un veneno de acción retardada pero potente, parecido al polonio, con el que mandaron al ruso a criar malvas. ¿Eh? ¿Qué te parece? ¿He hecho bien en llamarte?

EL ARENERO

Ignacio C. Sierra

Fue mi último día de descanso, hijo. Quizá no te hablé lo suficiente de él. Cuando comencé la jornada en la cárcel los presos yacían todavía tranquilos en las camillas, las sondas colgando desde sus cuerpos hasta el suelo. Orín fluyendo en sentido inverso al amable suero narcótico, los tubos convergiendo en la pared, trepando paralelos, afluentes del depósito del fármaco que los mantenía en aquel estado dulce. La cárcel era entonces un invernadero de humanos en paz alimentados por goteo, dormidos, cubiertos por una manta desde el cuello hasta las rodillas. Ellos, como tú y como yo por aquel entonces, habían dejado atrás monstruos y tormentos.

Me gustó que me apodases Arenero. Recuerdo la primera vez que te expliqué aquella leyenda. Te habías despertado chillando de nuevo y yo corrí hasta tu dormitorio. Esta vez gritabas que no podías ver, que no podías abrir los ojos. Yo te abracé. Hijo, son sólo legañas, calma, no la despiertes.

Me quedé pegado a ti hasta que tu cuerpecito dejó de temblar y comprobé que la casa seguía en silencio. Fui a por una toalla, la empapé y retiré aquella mucosa amarilla mientras te hablaba del duende, el Arenero, ese ser que se cuela por las noches en los dormitorios de los niños como tú y esparce arena sobre los ojos para tener dulces sueños. Tú ya te creías demasiado mayor para cuentos, y tan sólo dijiste que si era una historia como las que te contaba cuando me preguntabas por mamá. Y que si tan poderoso y tan mágico era, por qué no usar el polvo contra las brujas y no en los sueños.

Fue años más tarde, al explicarte a lo que me dedicaba, cuando me diste ese apodo, Arenero, como si la ronda sirviese para velar por el sueño de los presos. Te conté cómo retiraba la manta y cuidaba sus cuerpos consumidos. Las cárceles entonces parecían morgues ocupadas por despojos olvidados, pellejos envolviendo huesos, labios pegados a las encías. Raquíticos, acumulaban hollín en los pozos de las clavículas, los surcos de las costillas. Los limpiaba con una esponja y aplicaba ungüentos en sus moratones secos, los mismos ungüentos que había usado en los tuyos, en esas marcas de dedos, en los golpes en los brazos, calma, no la despiertes. Después humedecía sus ojos y sus labios con una gasa empapada de agua tibia como si esparciese el polvo mágico. Ajustaba las livianas correas a la pérdida de masa muscular por puro protocolo, eran un avío inútil para aquellos seres calmos. Cumplimentaba el informe: manchas en la piel, bultos, olores. Terminaba con una comprobación de las sondas y los reservorios, ni una gota del carísimo suero debía desperdiciarse. Y pasaba al siguiente, sin fin. Guardaba la paz en su culpa, y con ella, la mía.

Al principio entre preso y preso había espacio, la planta dedicada a ellos estaba casi vacía. Cuando se comenzaron a ofrecer estas condenas de suspensión onírica había muchas reticencias. Nadie se creía los experimentos médicos que prometían sueños plácidos y descanso puro hasta el fin de los días, y preferían la condena tradicional, la celda de trece metros cuadrados, el rancho funesto. Yo especulaba con un hipotético futuro juzgado y condenado, y me veía en ellos contentándose con los frugales paseos en el patio, y no alcanzaba a entender que se conformasen con aquello, ni ellos me creían cuando les aseguraba lo que se encontrarían. No pude limitarme a cuidar a los pocos que llegaban. No soy químico, ni médico, pero sabía todo sobre el suero, las drogas inyectadas para proporcionar sueños placenteros, los testimonios de pacientes del estudio doble ciego que corroboró sus resultados. Hubo presos a los que convencí, algunos internos y otros salientes, pero mis argumentos no dejaban de ser fríos datos. Tú te hartaste de mis historias de brujas del este y baldosas amarillas. Ellos ni las escuchaban. Ellos y tú necesitábais realidades, no cuentos. Uno a uno, jamás se habría multiplicado la confianza en las ventajas de la suspensión como ocurrió.

Espero que comprendas todo lo que hice. Aunque el final ha sido terrible, siempre me guio la misma idea, conceder una vida mejor. Lo hablábamos, sé que lo recuerdas. Te conté que no había motivo para el martirio de encajonar criminales, inefectivo, teniendo la tecnología de suspensión. Tú me entendías. Desde muy chiquito tus sueños eran lúcidos y casi siempre felices. Por las mañanas, mientras desayunábamos, me los contabas, describías cómo podías decidir saltar, volar, resucitar cada noche en un mundo nuevo y diferente. Te exaltabas al contarlo, levantabas la voz como los seres de tus historias, y yo te pedía calma, no la despiertes. Por terrible que hubiese sido el día, los gritos escuchados, los golpes recibidos, podías llenar las madrugadas a tu antojo. Yo no tenía eso. Mis noches sólo eran oscuros, intranquilos paréntesis, y para visitar otros mundos necesitaba cavar en mi imaginación o colorear mis recuerdos grises. Quería concederles lo que tú siempre tuviste: la visión de que otra realidad era posible. De que los tornados existían y podían terminar con las brujas que os atormentaban durante el día.

Ya sabes, como todo el mundo, que fue el caso Henry el que disparó la adopción del sistema de suspensión. Menos público fue que Henry era bedel en un colegio cercano a nuestra casa. Un tipo solitario y anodino al que por abrumadora evidencia, una auténtica orgía de pruebas, se le acusó de la violación y asesinato de cinco mujeres. Dos todavía no habían aparecido cuando le apresaron. Seguí el proceso con angustiosa impaciencia. Él siempre defendió su inocencia, pero el jurado fue unánime y le condenó a cadena perpetua. Furioso, optó por ser dormido. Quería dar la espalda al mundo que se la había dado a él. Norman, un ex convicto encausado sólo por delitos de poca monta, le había contado las bondades del sistema detalladas por mí. Henry decidió entrar en suspensión por mi testimonio a través de él. Para mí fue una victoria luminosa en medio de tanta oscuridad. Norman era un conocido promocionado a amigo. Lo conocí en el bar del barrio al que yo huía y en el que él no necesitaba esconderse. Seguro que lo recuerdas sólo de las noticias. Eras demasiado pequeño para recordarlo junto a mí, en la cocina, en el sofá, en el porche, entre cigarros y murmullos. Pero te conoció, y también a tu madre. Ella le miraba con recelo, sabía las historias. Él veía cómo te trataba y cuando estábamos solos me contaminaba de alternativas, de soluciones para nuestra familia. Nos distanciamos, pero pudimos contar con él, con su ayuda.

Ante el estupor colectivo, unos meses después del encarcelamiento de Henry, Norman se entregó confesando su crimen, declarando haber creado pruebas falsas para inculpar a Henry. Conocía cada detalle y, para ratificarlo, llevó al juez hasta el lugar donde había enterrado los dos cuerpos de las chicas que faltaban. Una había fallecido recientemente, después de la condena de Henry. La había mantenido meses retenida, encerrada. Ante la evidencia del error judicial, ante esa trampa en la que habían caído, sólo se podía hacer una cosa, despertar a Henry para excarcelarlo. Aquel día me parapeté en los pasillos para verlo salir en primera persona. Lo recuerdo vagando desconcertado, un niño triste arrastrado fuera de la feria. Al atravesar el umbral hacia la calle, volvió hundido a su existencia vulgar, vacía. Poco después, Norman era sedado sonriente y conducido por el mismo pasillo a mi planta, para soñar el resto de su vida. Cruzamos una mirada de despedida, sus ojos y los míos cargados de liberación.

El protagonismo de Henry no se evaporó, lo verías en todos los medios. A pesar del tiempo de condena, a pesar de su absolución plena, era en su vida donde se sentía institucionalizado, dependiente y vacío. Insistió largo tiempo en regresar a prisión, ser desconectado de nuevo de la realidad. La indemnización había sido generosa, pero no lo suficiente para poderse permitir montar el sistema de suspensión en su casa, y todavía no había residencias para quienes quisiesen inducírselo y pudiesen pagarlo. Decía que la vida anestesiado era maravillosa, confirmó que los sueños eran lúcidos, que se sabía dormido y todopoderoso. Hacían cola para entrevistarlo. Explicó cómo no era una condena sino una existencia de libertad total en su imaginación. Sus respuestas me recordaban a los desayunos contigo en los que me contabas tu última aventura, llena de tornados, casas volando, ciudades esmeralda, sólo finalizada por mi oficio de despertador suave, calma, no la despiertes. Nunca te pregunté si leíste el diario que publicó, más vívido que cualquier artículo científico. Ese libro impulsaría la aceptación de la suspensión, haría que la densidad en mi planta aumentase, que pudiese cuidar de más reos, que más condenados pasasen sus días en la prisión sólo en cuerpo, con la mente en lugares soñados. Me sentía su salvador. Tú ya te habías ido, y yo recuperé en ellos la cálida satisfacción de arroparte por las noches, felices sueños, cuando ya había conseguido la certeza de que la vigilia sería larga y tranquila, de que te había extirpado una pesadilla recurrente, de que ya no quedaban golpes y gritos en casa.

Pero ya sabes que aquello salió mal. No lo vimos venir. No anticipamos lo que haría Henry al sentir que no tenía nada que perder. De la nada, apareció un día en una comisaría para entregarse por un crimen no denunciado. Enloquecido, había consumado un acto atroz, exacto al que Norman le había incriminado y por el que había disfrutado de la suspensión. Incluso fue enterrando los cuerpos desnudos, y él mismo los desenterró. Metió los cadáveres en su maletero. Eran tantos que no podía cerrarlo. Condujo hasta la puerta de la comisaría rebosando piernas, tronchos de tierra y brazos magullados. Confesó entre sollozos y náuseas, señalando que le habían obligado a ello al negárselo. Exigió la misma condena para el mismo crimen. Esta vez se le concedió sin vacilación.

La determinación para replicar la monstruosidad hizo que desde entonces todos los condenados, ahora evidente la eficacia del sistema, solicitasen la suspensión. Se alzaron voces cínicas, discordantes, hasta entonces ignoradas por lo marginal de la adopción, alegando derechos humanos, pero duraron poco. Dormirlos y olvidarlos era más aceptable que la hoguera, la guillotina, la horca, la silla eléctrica, la inyección.

Ni siquiera yo preví la rápida escalada. En apenas unos meses desde el caso Henry comenzaron a dispararse los crímenes más brutales. Nadie sabía que demasiada gente quería huir de su vida. Pronto se pasó a una tasa mínima de suicidios a costa de aumentar en órdenes de magnitud los crímenes más inenarrables. Mi planta se saturó. Hubo que apretar las camillas hasta que costó caminar entre ellas, un enjambre de altares para cuerpos cuyas almas no habían sabido encajar en el mundo. Eran tantos que dejamos de usar mantas, caldeaban el lugar por sí solos. Las gasas y las esponjas dieron paso a sopladores y mangueras.

Hubo que dar con una solución ante aquella medida descontrolada, y las farmacéuticas tardaron poco en ofrecerla. No tuvieron más que desempolvar los estudios no publicados sobre los fracasos de sus primeros intentos, aquellas fórmulas del suero que en lugar de proporcionar un descanso plácido causaban terrores, fórmulas que hacían evocar, multiplicadas y repetidas en bucle, los momentos de culpabilidad de quienes los tomaban, los crímenes por los que se les había condenado. Y, además, los costes se reducían. Hubo congresos jurídicos para sopesar la legalidad del cambio de tratamiento. Por prudencia administrativa, en ningún documento oficial había figurado la garantía de la amabilidad de los sueños, así que el camino estaba despejado. Burócratas y bioquímicos, de facto, declararon legal la tortura de las pesadillas.

Fui yo, el más veterano en mi prisión, el que tuvo que pulsar el cambio de fuente en el distribuidor de suero. Un camión había descargado un pesado depósito negro en lugar del neutro aluminio habitual. La maquinaria estaba en una sala con una mampara de metacrilato hacia la planta con los reclusos. Era el procedimiento habitual al sustituir tanques vacíos, pero en este caso la formulación era diferente y terrible. A mi espalda, el resto de Areneros aguantaban la respiración. El chasquido del botón sonó a tendón roto.

No fue inmediato, pero no tuvimos valor de movernos de allí cuando lo hicimos, pulsarlo, ejecutar el cambio de condena. Observábamos los delgados globos de sus vientres hinchándose al respirar, esperando la señal de que todo había cambiado. Hasta entonces nos habíamos considerado cuidadores, no verdugos.

El nuevo orden comenzó con un murmullo de cuerpos moviéndose sobre sus camillas. Roces, gemidos. Algún golpe ligero que apenas se percibía tras la mampara.

Hasta que alguien gritó.

Reviví tus terrores nocturnos de pequeño, los ataques de pánico extremo, tu alarido doloroso. Mi cuerpo quiso salir de la sala hacia la planta como cuando corría a tu dormitorio, todo está bien, hijo, sólo es una pesadilla, calma, no la despiertes, pero no me moví. Lo vi a salvo tras la mampara, en un lateral, un primer cuerpo tenso en el correaje, temblando, un sonajero sacudiendo también las camillas cercanas tan pegadas, intentando huir de una amenaza real para él como los ensueños de los que se le acababa de desterrar.

En segundos, a aquel cuerpo le siguieron cientos. Vimos el desierto de piel desnuda convertirse en una superficie de carne en ebullición, ardiente y brutal, manos, piernas, hombros peleando contra las correas reforzadas. Abandonamos la sala hacia la planta cuando una camilla volcó por las sacudidas. Al hacernos hueco por los mínimos pasillos nos arañaron manos enloquecidas, nos golpearon codos y pies espasmódicos. Hubo huesos quebrados, tal fue el contraste de la brutalidad de sus ataques contra la debilidad de sus músculos de momia, detenidos durante años. Hubo cortes y laceraciones. Terminó habiendo incluso muertes por ahogamiento, por desangramiento, por parada. Dimensionados como un equipo de limpieza de seres inertes, no podíamos dar abasto ante aquel pandemonio.

Ayudé cuanto pude a Henry y Norman, a los que había colocado en el pasillo para poder acceder con facilidad, sin tener que mover otras camillas para atenderlos. Henry tenía una quemadura por el roce con las nuevas correas, más rígidas. Le coloqué una venda en las muñecas y tobillos, para amortiguarlo, y lo mismo hice con mi viejo cómplice. Lloré al hacerlo. Lo siento, les susurré al oído. Temblaban, cuerpos adultos que apenas abarcaba en sus lechos, y a quienes no podría apaciguar.

Cuando llegué a casa el despertador ya estaba sonando, ajeno a la guardia no planificada que trabajé. El alcaide nos había suplicado que aguantásemos cuanto pudiésemos, que haría lo imposible por conseguir refuerzos. Fui el último de mi turno en bajar los brazos, aunque mientras los atendía me sentía como un polizón en el casco de un barco que se hunde, desbordado intentando tapar agujeros con manos que no tenía. Lo hice hasta que vi entrar el reemplazo por la puerta, caras desconocidas, rostros serios en uniforme militar, botas coreografiadas contra el suelo.

Al salir pasé junto al patio, ya sin uso, en el que montaban un hospital de campaña. Un preso era acarreado dentro, otro yacía bajo una mortaja.

No hubo pijama ni ducha para quitarme el olor del miedo. Sólo me desnudé y me dejé caer sobre el edredón, emponzoñado de derrota. Estaba tan exhausto que contaba con dormirme al instante, pero tan pronto como mis ojos se cerraron, mi cuerpo saltó empujado por un resorte maldito e invisible, levantándome de la cama con un gemido árido que intentaba vomitar la ansiedad del recuerdo. Calma, no te despiertes, me repetí, pero no eras tú el objeto de los golpes ni ella la causante, era la culpa, sólo la culpa, y no me supe exonerar.

Aquella noche no pegué ojo, ni la siguiente. A la tercera sólo lo conseguí tras engullir dos de las muchas pastillas con las que traficábamos los areneros. Y, al dormir, una y otra vez la imagen de los cuerpos rompiendo a gritar, y mi reflejo en el metacrilato, asomándome a ellos, fallándoles.

Así ha sido desde entonces. Desde la tarde en la que pusimos en erupción aquellos cuerpos no he podido descansar, sitiado el sueño por terrores, las consecuencias de mis decisiones revividas una y otra vez. Desde entonces vago por un espacio liminar, pastoso, en el que a menudo me cuesta distinguir realidad de pesadilla.

Ya nadie lo solicita. Se dijo que estaban cerca de una nueva formulación, más neutra, más moderna, más insípida, cercana a dejarte flotando a la deriva en una barca sobre un lago manso, pero como nadie continuó solicitándolo, la cuestión fue relegándose al final de agendas que nunca se completaban. Mi cárcel se convirtió en un tumor caduco que no era necesario curar. El patio volvió a poblarse, poco a poco, como un bosque tras un incendio. Se insonorizó la sala de los durmientes y su crepitar tras los ladrillos cesó para el resto.

Dicen que la suspensión onírica murió de éxito, pero estoy explicando cómo, también a ella, la asesiné yo. Mi intención había sido de nuevo noble, extirpar el dolor innecesario, esta vez hacer la realidad sueño, pero no supe ver hasta dónde llegaría Henry y el impacto de sus palabras. Convirtió mi mensaje para los condenados en uno universal.

Casi todos los areneros renunciamos, huyendo de aquel infierno, refugiándonos en puestos a nuestra medida en las nuevas residencias de suspensión onírica para millonarios, escapistas conectados a la suspensión original, plácida y limpia. Pensé que el descanso volvería al dejar mi trabajo en la prisión de las torturas por una vacante en esas residencias. Pero tras pasar los días humedeciendo sus ojos y soportando mis ojeras, al llegar a casa siempre el mismo impulso me saca del colchón y me impide reposar. Mis noches son una sucesión de despertares.

Mis días, una vigilia servil sin fin. A ti te libré de sus golpes, pero nadie podía librarme de los míos.

Tomé la decisión la última vez que nos encontramos, en tu casa. Me dijiste que tu hija te había preguntado por su abuela, y que no querías que supiera lo que te hacía, sus gritos, sus golpes. Intenté, como siempre, contar una última historia, de brujas, huérfanos, espantapájaros, esta vez para mi nieta, pero las palabras se me trababan y me mandaste callar, avergonzado. No siento culpabilidad, sólo pena, pero estoy agotado, y tu mirada me reflejaba al fondo de mi propio pozo. Ante mi incapacidad para hablar con soltura llevo semanas escribiendo éste, mi último relato, palabra espacio, palabra espacio. Confieso, hijo, porque sin descanso ni albedrío, entre dos pesadillas, la de mi día a día insomne y guionizado, y la lúcida, durmiendo por fin, mejor elegir la lúcida.

Una copia del relato ha sido para ti. La otra es para la policía. Por si esta confesión, la planificación del crimen con Norman inculpando a Henry, no fuese motivo suficiente como para asegurarme la perpetua en suspensión, tras dejar estos folios en tu buzón llevaré yo mismo esa otra copia y aparcaré frente a la comisaría y mi maletero también tendrá tierra y huesos. Huesos de un agujero también cavado por Norman, bajo nuestro hogar, huesos viejos, secos y culpables junto a zapatos de rubíes. Pero huesos, al fin y al cabo, entregados por unas manos sucias.

MIÑO

Elisa Rivero Bañuelos

—¡Abuelo! ¿Quieres que te cuente lo que veo otra vez?

Fluye el Miño perezoso entre los farallones de granito gris, meciendo las barcazas cargadas de uvas. Fluye la savia, hacia arriba, cuando la luna tira y las frutas se cargan de vino futuro. Fluye Mencía aguas abajo, pero ya con su nombre verdadero, ese que yo le arrebaté.

—No, María. Ya me acuerdo yo solo. Ve a jugar con tu hermano. Pero recuerda…

—… no mires fijamente al río. Lo sé, abuelo.

Mi nieta corretea entre las viñas levantando tierra y piedrecitas en su carrera loca. Es buena cría, y además de ver, sabe mirar. La gente ya lo ha olvidado. Solo ven, ven agua y ven pájaros, pero no diferencian una focha de un cormorán de los que roban el jornal a los pescadores. Ven viñedos y solo ven fotos, oportunidades para hacerse los entendidos; vino, como mucho, es lo que ven.

Nunca el deslome, los callos, las manos desolladas del que debe exprimir esta tierra áspera para ganarse la vida cuando el río le ha sido vedado.

Pasitos acelerados otra vez, por el laberinto de viñas que mañana cumplen cincuenta años. Pasitos que se paran, y una respiración que duda frente a mí.

—Dime, María.

—Abuelo, vi un pez.

—¿Qué te he dicho de…?

—¡No lo miré! ¡Lo juro por la Virgen! Pero el pez saltó fuera. ¡Hizo un gran chof!

—¡Me da igual! No puedes acercarte al río. ¿Lo entiendes?

Silencio.

—¿O es que quieres acabar allí, flotando?

La niña hace un mohín. Lo exagera, claro. Como si no pudiera escuchar la rebeldía rechinando entre sus dientecitos, sus protestas mudas. Claro que quiere jugar en el río. Como cualquier otro niño. No, ella lo ansía más. Lo lleva en la sangre.

—Así que era muy grande.

—¡Enoooorme! —dice separando sus manitas cuanto puede—. Y lo acompañaba otro, más pequeño.

—¿Y de qué color?

—Rojo. ¡No! Rosa. Y sus escamas brillaban al sol cuando saltó.

—Son salmones.

—¿Salmones? Abuelo, ¿Tú pescabas salmones cuando eras pescador?

—Ya sabes que sí, María.

Se lo he contado mil veces, pero a ella le gusta escuchar la historia. Además de mirar, también sabe escuchar. Como su abuela, siempre ávida por comprender un mundo que no era el suyo. Un mundo al que nunca tendría que haberla traído.

A Mencía yo le contaba cómo se cosechaba el trigo y se cebaban los puercos, gordos y hermosos, con las bellotas de los carballos. Desde el agua, ella me pedía que le hablara del baile, de los vestidos de las mozas, esas que en la noche de San Xoán le traían regalos y le contaban sus penas. "Ni todas las sedas y alhajas del mundo las harían brillar como tu piel". Y ella, en su inocencia, se lo creía todo. Se creía que los puercos eran hermosos y que un triste pescador podía permitirse pan de trigo. Por eso, quizá, después pasó lo que pasó.

María es más cauta. Su padre la ha entrenado para ser escéptica. Como si la culpa pudiera inventarse por gusto.

—Cuéntamelo otra vez, por favor.

Se sienta a mi lado, con la espalda contra el socalco, los escalones que colocaron los romanos para aterrazar las escarpadas riberas del Miño. Las moscas petardean y la tierra exhala calor. A través de sus ojos puedo ver el río gordo y perezoso abajo, y a nuestros pies se extiende mi viñedo. Nuestro viñedo. La vía de escape, una esclusa entre nuestros dos mundos.

—Era tal día como hoy, víspera de San Xoán. Yo era joven y presumía de tener la vista más aguda de todo el valle. No se me escapaba el destello de un sábalo ni el salto de una trucha. Por eso mi bote siempre estaba cargado de peces y hasta las rapazas del pueblo me miraban al pasar.

»Ese día siempre tenía trabajo porque a la noche gustaban de asar pescado en las hogueras. Y aunque ya tenía las redes repletas, la sospecha de que un pez enorme merodeaba bajo mi bote me retuvo. Así que me quedé hasta que el sol se acostó tras la iglesia de Santa Mariña, atento a las luces cambiantes del Miño. Hasta que lo vi. El salmón más grande que jamás, ningún hombre, haya observado.

—¿Ya estamos otra vez, padre?

Xoán grita desde la terraza inferior. Ha debido de escucharnos. Él no tiene buena vista, pero sí buen oído. Sobre todo si encuentra razones para el reproche, lo cual es a menudo. En especial, si sabe que hablo de su madre.

—No hay salmones en verano. María, deja al abuelo con sus desvaríos y ayúdame a atar estas parras.

—Claro que no los hay. Porque no era un salmón.

Hablo solo. María se ha despegado de mi vera y arrastra sus piececitos hacia la terraza. Ella no es como su hermano, que adora trabajar en las viñas, respirar la tierra seca del verano y llenarse las manos hasta que revienta el zumo rojo, casi negro, en la cosecha. No. María es río. Nuno, igual que su padre, nunca lo entendería.

Al cabo, las pisadas vuelven y noto su mano caliente, aún suave, en mi antebrazo.

—Lo seguí hacia la desembocadura del arroyo de Aguianza, al salmón.

—¡Hacia la cascada!

—Hacia Augacaída, sí. Atraqué el bote y seguí la corriente a la sombra del castro Marce. El enorme pez iba escalando cada salto sin dificultad, hasta que llegó a la cascada y la luna llena nos iluminó. Y entonces…

—¿Entonces qué, abuelo?

—¡Saltó! ¡Chof! Y pensé que iba a remontar también Augacaída. Pero no. Bajo la cortina de la cascada, el pez se transformó en una mujer. Una mujer hermosa con cola de salmón.

—Una *xacia*.

—Una *xacia*, eso es.

Xacias y *xacios*. Las sirenas del Miño que antaño eran un hecho, y hoy apenas una página en los libros de mitología. Si la gente supiera mirar, se darían cuenta de que ciertos restos de pescado, de cangrejos, no son deshechos de las nutrias. Ellas no muerden, así, con saña. No dejan las tripas flotando en el agua.

—¿Y qué dijo?

—Me preguntó.

—¿El qué?

—Todo me preguntó. Por este mundo, el de los humanos. Y yo le conté todo lo que sabía, hasta que las hogueras se apagaron arriba en el monte y amaneció.

—¿Y entonces qué?

—Entonces ella me prometió amor eterno si la sacaba del río durante la siguiente noche de San Xoán. Y yo le juré que así lo haría.

Cómo negarse a esos ojos de lecho de río, a ese cabello de coral, a su voz de arroyo recién nacido.

Yo, que no sabía que al arrancarla de su Miño, ella perdería el brillo.

—Así que pasé los días siguientes meciéndome en la corriente, pergeñando. Hasta que consulté a la más anciana de la parroquia y ella me dio la solución.

—¡Bautizarla!

—Así es, María, así es.

Esa vieja *feiticeira* me dio la solución sin pedir un pago y yo, joven y entusiasta, no lo supe ver. Que las brujas se alimentan del dolor y el arrepentimiento. Hace años que la bruja murió y aún no puedo desprenderme de su sonrisa de satisfacción cuando todo acabó, después de que los policías me soltaran. Cuando fui a rogarle que me las devolviera, que le daría lo que fuera. "Ya lo diste todo", dijo. Ya lo di.

—*Avó…*

—Sí, cariño. Me pierden los recuerdos. Así que pasé el año entero penando y pescando, pescando y penando. Pescando para hacer dineros con los que sobornar al párroco. Penando por no verla, aunque me desgastara los ojos de atrapar reflejos en el espejo del Miño.

—¿Es así como perdiste la vista, abuelo?

Enfermedad de Stargardt, dijo el doctor. Degeneración macular congénita. Pero ni mi padre ni mi abuelo ni Xoán ni nadie de la familia había sufrido jamás de la vista.

—Así es, María. Me quedé ciego de tanto mirar. Y la noche que por fin remonté de nuevo el Aguianza con el cura en el bote, me tuve que guiar por el murmullo de Augacaída. Y cuando ella hizo su transformación, yo solo veía el destello de la luna, privado para siempre de abstraerme en su belleza. Entonces el párroco, convencido más por mis dineros que por convertir a una criatura pagana, se le acercó. "He encontrado la forma de sacarte del río, como te juré aquí mismo el pasado San Xoán, le dije. Dios te librará de la cola y las escamas cuando te otorguemos un nombre cristiano. Para que podamos disfrutar de nuestro amor terrenal".

—¿Y ella accedió?

No, al principio. Ella temía que, al bautizarse, sus congéneres se enfadaran y no le permitieran volver al río. Con razón.

—Había hecho una promesa, ¿no? Las promesas son para cumplirlas. Así que el párroco recitó la palabra de Dios y vertió el agua bendita sobre su cabellera de algas. Y le di su nombre.

—Mencía, como la uva.

—Mencía, nombre de tierra. Como la tierra que habríamos de cultivar para salir del río.

—¿Entonces se transformó?

—Entonces el cura la sumergió bajo la cascada y ella perdió las branquias, porque pude escuchar el burbujeo. Y emergió como mujer con dos largas piernas.

El grito. Recuerdo el grito desgarrador de Mencía al caerse sus escamas, al desprenderse de su antiguo nombre. De su naturaleza.

—Y luego fuisteis felices en las viñas.

—Fuimos felices sí.

En verdad lo fuimos, un tiempo. Yo abandoné mi profesión por mi falta de vista, pero sobre todo, por miedo a los *xacios*. Por haberles arrebatado a su hermana. Jamás tocábamos el río. Mientras otros viticultores usaban las barcazas para bajar la cosecha, Mencía y yo nos eslomábamos escalando los farallones del cañón. Pero prosperamos, y fruto de nuestro amor nació Xoán.

—¡María! —grita mi hijo, ya desde la última fila de parras allá abajo, junto al Miño—. ¡Ven a ayudarnos! Ya valió de vaguear.

—¡Ahora voy, papá! —La niña me toma la mano, porque sabe que viene la parte más dura. No le gusta dejar los cuentos inacabados—. Cuéntame cómo marchó la abuela.

—Los años pasaron entre viñas y Xoán. Y Mencía quedó de nuevo encinta y el día del solsticio dio a luz a una niña preciosa. Xoana, se iba a llamar. Pero a la hora del bautizo, a Mencía le entró la morriña de su río y quiso que su hija conociera su antiguo hogar.

—¿No temía a los *xacios*?

—Sabes bien que sí —respondo. Pero quizá no era lo que más temía—. Así que las dos se sumergieron en las aguas, para no volver jamás.

—¿Por qué no han vuelto?

Eso preguntó el policía también. Y yo respondí lo mismo una y otra vez, hasta que me soltaron:

—Porque los *xacios* no las dejan.

María asiente en silencio y casi puedo escuchar su cabecita funcionando. Aprieta mi mano y yo la cojo con fuerza. Deja escapar un quejido y aflojo.

—¿Y si traigo al párroco? ¿Y si las bautizamos, a la tía y a la abuela, esta noche?

—No es posible, cariño. No es posible…

—Pero, ¿por qué? Tú lo hiciste.

—¡He dicho que no!

¿Por qué? Porque Mencía tenía razón. Siempre la tuvo, y se llevó la razón a la tumba. Una tumba hecha de río y decorada con ranúnculo y juncal, para ella y para Xoana. No soportó la tierra áspera, mi ceguera hambrienta de ver y harta de tocar, de golpear. Y decidió volver a su hogar aún a sabiendas de que ellos nunca perdonarían la afrenta.

—¡María, hija! ¡Que vengas!

Fluye el Miño perezoso entre las sombras que proyectan los farallones de granito gris. Fluye la sangre y las entrañas abiertas de Mencía y Xoana, como una guirnalda macabra, en espera de que los cangrejos y las truchas las conviertan de nuevo en lecho de río. Fluyen los pies de María, fluyen y no pisan porque ella también es río. Por las tablas de la casa vieja, encaramada en los riscos del valle del Miño, pero lejos de su aura. Por la tierra del viñedo, bajando los socalcos, hasta la orilla donde el bote espera. Fluye la barca sobre el espejo de luna llena, solo roto por el plof de las truchas que saltan a devorar los mosquitos que no se achicharraron en la hoguera. Y la cascada de Augacaída fluye, fluye débil y casi agostada, seca ya de verter lágrimas. De llorar la ausencia de su hija Miña, que retornó al río una noche de San Xoán.

24 de junio de 1973, el Faro de Vigo.

El cadáver de Mencía Reboiro, natural de Paradela, Lugo, fue encontrado esta mañana junto al de su hija recién nacida en el cauce del río Miño, a la altura de A Pena. Todo apunta a que la mujer acabó con sus vidas debido a los presuntos malos tratos que sufría por parte de su marido.

LOBO

Delia Renedo Infante

Desde que mis piernas se rindieron, me bebo la vida y saboreo cada trago desde mi silla de ruedas.

Me flipa aullar a la luna y a las hembras de larga melena.

Aunque reconozco que soy de ateísmo tardío, yo no creo en Dios, creo en mis colegas.

A los curiosos les cuento que cuando aún era un lobato, una trampa en el bosque me quebró las patas traseras y fui expulsado de la manada. Pero conservo el espíritu de un lobo, salvaje y libre, que me permite expresarme a través del tacto, el contacto visual y los movimientos de mi cuerpo.

Apoyarme en él me da fuerzas para luchar por mejorar mis limitaciones.

—Eres un ser racional, no puedes ser un lobo —me dicen.

—Seré un *Lobo sapiens* entonces. —Es mi respuesta.

Cuando las fuerzas fallan, invocar al lobo con un

aullido me da poder y me importa una leche ser etiquetado o incomprendido.

Saber que me acompaña su espíritu, me da confianza y seguridad en mí. Su fuerza me infunde deseos de libertad y me protege en los malos momentos.

En ocasiones pido refuerzos y es mi colega Ragnar Lodbrok el que acude a mi llamada. Al igual que el gran guerrero vikingo, sentir su poder me transforma en un ser invencible.

Mi alma de motero hace que quiera cambiar la visión monótona de las cosas. Manejar mi Harley hace posible que pueda sentir el viento en la cara con la dosis de libertad que la válvula que mueve mi torpe corazón me permite.

Las ideas que alborotan mi cerebro se apresuran por salir a toda leche, pero son las putas palabras las que se empeñan en enredarse en mis cuerdas vocales y provocar un desastre que a veces no entiendo ni yo.

Buena broma para alguien que comenzó dos carreras de Filología y soñaba con ser orador.

La peña no tiene paciencia, por eso Terminator, que es la caña, me ayuda con la tarea. Me programaron una *tablet* como comunicador que yo configuré con la voz de Schwarzenegger, aunque en realidad es la del gran Constantino Romero. Con él he podido hacerme oír y abrirme al mundo.

Con mi chupa de cuero y gafas oscuras, conducir mi Harley y conocer gente es lo que más me mola.

En la facultad no pasé desapercibido. Querían ver a aquel tipo que aullaba por los pasillos y que contaba historias con la voz de un personaje de película.

Un tratamiento que me prescribieron, no tengo claro para qué, dilató mi pupila y me causó fotosensibilidad. Otro me produjo un tic en los ojos que hace que los guiñe constantemente. Con ese cuadro, es impepinable que lleve gafas oscuras en todo momento.

Yo le echo morro y reinvento la historia. Cuento que de niño fui objeto de un experimento secreto, que ya se había hecho en California y que acabaría con la discapacidad en el mundo. La técnica consistía en implantar en el organismo células sanas que repararían las células dañadas.

Obviamente, la técnica no funcionó, pero a cambio me dio un superpoder y una debilidad. El aumento de la capacidad auditiva y la hipersensibilidad a la luz directa.

Antes de tener la silla eléctrica y el comunicador, mi única conexión con el mundo exterior, aparte de las visitas al hospital, eran los juegos en línea y las redes sociales, donde me di a conocer con el *nick* de Loboharley.

En un principio ligar con chicas era mi objetivo principal. Me moría por tener novia. Las morenas de pelo largo me volvían loco. Creo que me declaré a todas.

Aunque no lo lograba, soy un caballero y mi encanto y amabilidad hacía que ninguna me rechazara abiertamente. Las tenía en el bote.

Confieso que no fue fácil abrirme. Me sentía culpable por no poder seguir el ritmo de este mundo demasiado rápido, con tantas prisas y malentendidos.

En mi habitación me sentía a salvo. Mi casa era mi cuartel, mi habitación mi búnker, mi monitor mi escudo, y mi teclado mi arma.

Esa arma me permitió despejar las nubes de tormenta que en ocasiones acechaban mi espíritu y no me dejaban avanzar.

Siempre he tenido sueños muy extraños donde ficción y realidad se mezclan. Me pareció interesante escribirlos para ver si podía hacer alguna interpretación de ellos. Lo que comenzó como un ejercicio de comprensión personal, se convirtió en algo que me molaba mucho hacer y me pareció divertido compartirlo.

No sé bien si fue la intensa lluvia caída semanas antes o las obras que se estaban realizando en el subsuelo de la zona, el motivo por el que se abrió aquel enorme socavón bajo mis pies.

La caída me dejó inconsciente y malherido. Me llevaron por galerías que hacía años habían sido túneles de metro hasta llegar a una antigua estación.

Al despertar, una diosa de pelo de fuego cambiaba el vendaje de mi pierna. Estaba desorientado y no entendía nada. Ella me dijo que había sufrido una grave caída, por lo que debía descansar, y que me explicarían el resto más adelante.

La silla se llevó la peor parte. Protegió mi cuerpo y mi cuerpo protegió a Terminator. Equipo hasta el final. Repararon la Harley y adaptaron una antigua batería de coche para cargarla.

En las siguientes semanas, aquella mujer de ojos color aceituna y aspecto de bruja buena me ayudó en la recuperación.

Allí abajo se había formado un submundo con los descartes de la superficie distribuido en facciones.

Los peores eran unos con muy mala leche a los que llamaban espartanos. Aquellos cabrones, igual que los de la antigüedad, no permitían miembros no válidos en sus filas. Eran tíos fuertes y amorales.

Los colegas que me recogieron eran unos tipos que parecían vikingos, por su aspecto y forma de vida. Antiguos *biker* que habían caído escalonadamente desde que se estableció la aplicación de protocolos para mejorar la calidad del aire de las ciudades. Su negativa a cumplirlos los llevó a la aniquilación hasta desaparecer de las calles.

Fui consciente de que las cosas no suceden porque sí. Después de ver lo que ocurría allí abajo y la hostia que me di, recordé cómo en algunas culturas se deshacían de los no válidos para la lucha y los arrojaban desde lo alto de un monte.

Un pequeño perro con una pata entablillada me hizo compañía el tiempo que estuve en cama. Nadie sabía cómo se llamaba aquel chucho, así que pensé en qué nombre podría ponerle.

Recordé mis clases de filosofía y que Pericles llevó a cabo una reforma que favoreció a las personas con discapacidad. Y así lo llamé.

Mi relación con aquella pelirroja se iba haciendo cada vez más estrecha. Me contaron que apareció vagando por los túneles sin recordar ni su pasado ni su nombre.

Su atractivo y el color de su pelo me recordaban a la Bruja Escarlata de los cómics y se convirtió en Scarlett, mi heroína.

Mi capacidad para observar, escuchar y conciliar me convirtió en una especie de asesor para aquel grupo. Acudían a mí cuando debían tomar decisiones importantes y mis opiniones no defraudaron.

Pasó el tiempo y con mucho esfuerzo conseguimos subir a la superficie a luchar por una sociedad más justa e inclusiva.

Porque, aunque estamos en una nueva realidad, las cosas no son muy distintas y tenemos que seguir en la pelea.

—Vaya Lobito, como se te va la olla con tus historias.

Ahí están. Mi chica de pelo en llamas y mirada adictiva, con mi *alter ego* de cuatro patas en sus brazos, con su chaleco de cuero y ojos saltones. Ahora sí, el equipo está completo.

—Anda, coge a tu secretario y despídete de todos que ya les has dado bastante la chapa.

—Bueno chicos, la jefa manda. Nos vemos en ruta.

Aunque mi salud ha empeorado y mi perilla ya canea, la vida es igual de bonita para mí. Porque estoy vivo y siento alas en vez de piernas. Lo tengo todo.

En las concentraciones de Harley y otros eventos me encuentro con Barry, mi *bro*. Un tío impresentable e irreverente. Su filosofía de vida la resume en una frase, *me suda la polla* y en uno de los parches en la parte trasera de su chaleco se puede leer *hijoputa peligroso*, pero yo me parto el culo con él.

—Joder colega, no te descojones tanto que te va a saltar el marcapasos ese que llevas.

Me quiere la hostia y para mi cumpleaños consigue una Harley con sidecar y organiza una ruta a la que acuden muchos colegas. No puedo ser más feliz cuando siento el olor a gasolina y la adrenalina correr por mis venas.

En los eventos de rock soy la estrella, las chicas quieren bailar conmigo y tomarse fotos. Soy el único que puede meter la moto a pie de escenario y hago unos trompos que alucinas.

Tuve que plegar las alas por la puta pandemia. Y aunque eso no es lo que me tumbó, tuvo mucho que ver.

Pero sigo presente.

En mis relatos que continúan en las redes.

En la ruta que hacen mis hermanos *harlistas* cada año por mi cumpleaños.

En las ráfagas al cielo que me dedican.

En mi chaleco que aún suma parches y preside la mesa donde esos cabrones se ponen ciegos de asado y birra.

En mis camisetas que pasean por las calles transformadas en bolsos que mi madre ha confeccionado.

En mi silla personalizada con llamaradas que alguien sigue rodando.

En mi chupa de cuero que ahora lleva mi sobrina.

En la colección de Harleys en un estante de mi cuarto.

Cada vez que ella usa las gafas de sol que me regaló y percibe que están torcidas. Y que no quiere llevar a reparar al recordar la asimetría de mi cara que dibujaba mi irresistible sonrisa, esa que tanto le gustaba.

En mi casco con alas encajado en una urna que lleva mi nombre.

Y en mi comunicador que sigue aullando cuando recibe notificaciones y que conserva en su memoria mi frase de despedida.

¡Sayonara, baby!

EL VIEJO PUENTE
SOBRE EL RÍO SENA

Miriam Conde Recondo

París, 16 de octubre de 1891

Monsieur Fleury volvió a leer el poema que había escrito sobre la pequeña mesa de mármol. Le había llevado mucho esfuerzo, pero se sentía satisfecho. La verdad es que aquel café era muy elegante, quizá un poco de más para su contenido bolsillo, pero ¡qué diablos!, un día era un día, y desde luego, estaba mereciendo la pena. El poeta miró de nuevo a su alrededor. La estética le parecía muy agradable, y a través de las cristaleras, la icónica imagen de Sarah Bernhardt invitaba a entrar y a disfrutar. El aroma del café recién hecho y de los croissants crujientes se mezclaban en deliciosa armonía, despertando su apetito.

Monsieur Fleury se llevó la mano a la cartera y recontó los *sous* que le quedaban. Tal vez debería dejar el segundo café para una mejor ocasión, pero se recordó a sí mismo que si la leyenda era cierta, aquello no era un gasto sino una inversión, y desde luego aquella tarde parecía funcionar.

Deseoso de seguir trazando palabras en el papel, volvió a mirar el enorme cartel de la Divina, un retrato de cuerpo entero que monopolizaba todo un lienzo de pared.

¡Qué difícil es describir con palabras la belleza!, pensó Monsieur Fleury, pero tengo que intentarlo. Abrió de nuevo su cuaderno para volver a escribir.

Los tonos pastel y las formas curvilíneas se funden ante nuestros ojos para crear un universo de ensueño, en el que la naturaleza y la mujer se entrelazan de manera sublime.

Podemos sentir la calidez de un atardecer dorado, el suave roce de la brisa en la piel y el aroma dulce de las flores en primavera. Los colores se mezclan en una sinfonía de sensaciones, el rosa pálido de las mejillas sonrojadas, el verde intenso de las hojas y el azul profundo del cielo nocturno.

Estoy verdaderamente inspirado, sonrió satisfecho. ¡La leyenda es veraz, me parece asombroso que apenas se conozca!

Un suspiro de sedas llamó su atención. La propietaria de aquel vestido tan refinado se levantaba de su silla, dejando entrever el blanco de su tobillo. Echó una mirada furtiva, sonriendo con ingenua lascivia. Después siguió con la mirada a las damas que se dirigían a la puerta. Parecían haber disfrutado tanto de su tertulia, que envidió no haber podido unirse a ellas y haber dado su opinión en aquellas conversaciones tan sofisticadas y distinguidas.

Era cierto que había algo en la atmósfera de aquel sitio que le cautivaba. Era una mezcla de nostalgia y emoción que invitaba a dejarse llevar. Este lugar ha visto pasar generaciones, pensó, ha sido testigo de historias de amor y desamor, de alegrías y tristezas, y aquí sigue, resistiendo el paso del tiempo, con su leyenda olvidada por todos.

A medida que avanzaba la tarde, Monsieur Fleury sintió que el ambiente se volvía todavía más bullicioso y animado. Los clientes solicitaban sus copas de licor de Chambord o Chartreuse y charlaban alegremente, mientras el suave tintineo del cristal y las risas llenaban el aire. Deseó saborear ese momento con intensidad.

Se fijó en un joven que acababa de entrar y que se sentó en una mesa próxima a la suya. Vestía unos calzones abotonados desde la rodilla, que desembocaban en unas botas de montar negras e impecables. Se había quitado la levita y la había dejado caer de cualquier manera sobre una silla, al igual que los guantes blancos, que estrujó con rabia y arrojó dentro de su sombrero de copa.

El poeta se fijó en su cara, y observó que, si bien era agradable y de facciones limpias, a excepción de un fino bigote castaño, en aquel momento estaba contraída en una mueca de amargura. Desde luego, aquel hombre venía con un disgusto considerable.

El camarero se acercó solícito y tras escuchar sus palabras, comenzó con el ritual para servir a aquel joven lo que había pedido. Primero trajo una copa de cristal tallado transparente, que brillaba bajo la luz de las lámparas de araña y la llenó con una tercera parte de licor de absenta. Un olor acre y amargo llegó hasta Monsieur Fleury, un olor a campo intensificado, que no supo decidir si atraía o molestaba en la nariz.

El eficiente Gastón, así había escuchado que lo llamaban, colocó encima de la copa una cuchara con agujeros sobre la que dispuso un terrón de azúcar, y finalmente trajo a la mesa un samovar que era en sí mismo una obra de arte. Una deidad alada forjada en bronce sujetaba un recipiente de cristal esmerilado del que salían cuatro grifos. El camarero abrió uno de ellos y comenzó a dejar caer el líquido gota a gota.

Y entonces surgió la magia. El agua helada comenzó a fluir sobre el azúcar y a mezclarse en minúsculos grumos con el ajenjo de la bebida, tornando el alcohol a un turbio verde pastel. Escuchar cómo caían aquellas gotas de agua tenía algo de hipnótico, casi místico, y el joven aguardaba concentrado.

Monsieur Fleury observaba fascinado todo aquel ceremonial. Nunca se había atrevido a tomar aquella bebida maldita, el hada verde, que decían que volvía locos a los artistas, a los poetas y a los desarrapados, y sin embargo, una extraña sensación de deseo le surgió de entre las tripas, que llevaban un rato borboteando de hambre.

Al terminar de llenarse la copa, el joven se la había bebido de un único trago, y después había pedido otra, y luego otra tercera. Llegó un momento en que se puso en pie, algo tambaleante, y con voz ronca invitó a acompañarle a beber a todo aquel que lo deseara, arrojando sobre la mesa un billete de cincuenta francos. Gastón lo recogió con avidez y echó una mirada interrogativa alrededor.

Quizá porque ya había anochecido, quizá porque se encontraban incómodos con esa situación, la mayoría de los presentes declinaron la invitación y comenzaron a marcharse. Tan solo fue aceptada por Monsieur Fleury y una mujer anciana vestida de negro que estaba sentada al fondo del salón.

No se le presentaba una ocasión como aquella todos los días, y esa noche, en la que la leyenda le insuflaba valor, Monsieur Fleury se atrevió a desafiar los artículos que clamaban desde los periódicos que aquella bebida era peligrosa y arruinaba vidas y familias.

Fue bebiéndola a sorbitos, poco a poco, como quien se adentra en un mar de frías aguas, sintiendo en la garganta un sabor descarnado y cálido. Tanto, que al cabo tuvo que aflojar su corbatín negro y remangarse con disimulo, procurando tapar las manchas de tinta negra de los puños de su camisa.

Mientras tanto, el joven comenzó a gritar su historia entre sollozos.

—Me ha despreciado, Ninette me ha despreciado, me ha dicho que no, a mí, a Tristán du Plessis. Le hubiera bastado decir que su padre ha prohibido nuestro amor. Pero no, me ha despreciado, me ha insultado de la peor forma posible—. Y se puso a llorar derrumbado sobre su mesa.

Monsieur Fleury escuchó con los sentidos agudizados. De alguna manera notaba una iluminación, como si sus pensamientos pudieran girar veloces. Aquel joven le había inspirado y su nombre, Tristán, era muy sonoro. Volvió las hojas de su cuaderno a un poema que había escrito hace tiempo y corrigió sus últimos versos.

…Ay Ninette del alma mía,
Si te mira, la luna de envidia se sonroja
por orden de tu padre, dices, me abandonas
Muerto me has, mi pecho estalla de congoja.
Hacia el viejo puente del Pont Neuf
se dirigen mis pasos apenados,
¡que las aguas azabaches del río Sena
la tumba sean de Tristán el desdichado!

En sus ensoñaciones se recordó una vez más por qué había acudido esa tarde a aquel lugar tan fuera de sus posibilidades. Se había sentido obligado por la extraña leyenda que había leído en un mamotreto viejo de la biblioteca pública de París, en la que se amontonaban sin ley ni orden olvidados tratados de las materias más diversas y a la que acudía cuando estaba falto de ideas. Por eso, y porque entre aquellas venerables paredes se encontraba al abrigo del caprichoso clima de la ciudad de la luz sin que se resintiera su bolsillo.

Según contaba aquel librote, durante la Revolución francesa María Antonieta había sido encerrada en la torre del Temple, el edificio que fue la morada de Jacques de Molay, el último gran maestre de la orden de los templarios. Mientras transcurrían sus últimos días, la reina había descubierto oculto en una pared un documento que contenía las reflexiones del templario y también sus más secretos conjuros y sortilegios. Ávida de venganza, la reina leyó y releyó aquel pergamino, hasta aprendérselo de memoria.

Cuando en el infausto día 16 de octubre de 1793 María Antonieta fue llevada a la guillotina, la condujeron al mismo lugar de la *Place de la Concorde* en el que un siglo después se levantaría el café en el que estaba tomando licor.

La leyenda narraba que, en los últimos instantes de su vida, María Antonieta, al igual que el gran maestre, pronunció un hechizo. Sin embargo, mientras que el conjuro del templario que emplazó a la muerte a sus enemigos en el plazo de un año se cumplió inexorablemente, el sortilegio más inexperto de la reina obtuvo otros resultados. Según el libro, la mujer de Luis XVI se confundió, y en lugar de pronunciar la terrible maldición *'a·láh*, de su boca salió *schevu·'áh*, promesa. De ahí que, en la fecha del aniversario de su muerte, aquellos que pronunciaran en voz alta *schevu·'áh* en ese preciso lugar, verían cumplido su deseo.

Monsieur Fleury había leído aquella historia con absoluto anhelo, y cuando llegó el día, estaba más que dispuesto a comprobar si era cierta. Por eso estaba allí, con la intención de convertirse en el más reconocido escritor, redactar los más soberbios poemas, escribir textos que vieran pasar los siglos, y sobre todo, su más oscuro deseo, que lo que escribiera pudiera convertirse en realidad, para sentirse un demiurgo.

Se sentía mejorado, se sentía invencible. Presentaría sus escritos de nuevo a su jefe, el señor Laurent, que era un tacaño y un usurero, y no volvería a decirle que no, tendría que comerse sus palabras. Su libro de poemas se vendería mejor que las novelas por entregas de Monsieur Dumas, incluso mejor que los textos del señor Verne.

Los enamorados citarían sus versos cuando pasearan a la luz de las farolas de París.

Por fin podría dejar su trabajo de linotipista en la imprenta del *Petit Journal* y dejar de componer aquellos horrendos anuncios de callicidas. Monsieur Fleury vio delante de sus ojos cómo sus ideas cobrarían vida y llegarían a ser reales, vio al alcance de su mano el texto impreso de sus poemas, que se reproducirían por miles y miles en los semanarios.

Por eso aquella tarde había gritado la misteriosa palabra, instantes antes de sentarse en aquella mesa para gastarse más de lo que podía y dejarse atravesar por la leyenda.

Un gimoteo del señor du Plessis lo sacó de sus ensueños.

—Me ha despreciado, a mí, me ha ofendido, me ha llamado vulgar. Vulgar es el peor insulto que podría hacerme. Le he ofrecido mi mano, mi fortuna y mi rango y los ha despreciado. No quiero continuar. Es imposible lavar la ofensa. Merezco la muerte.

El camarero Gastón lo observaba con codicia en los ojos, mientras secaba los vasos con un paño blanco, atento por si le volvía a indicar que rellenara las copas.

De repente, una voz áspera y estridente, como de uñas arrastrándose por un cristal, gritó destemplada:

—Pues muérete de una vez, ya estás tardando.

La vieja de negro que había permanecido todo el tiempo sentada al fondo de la sala y que llevaba en la cabeza un sombrero de velo terriblemente desfasado, se había puesto en pie para increparlo.

—Eres un miserable, tú y los que sois como tú. Dices que la amas, pero en verdad mereces la muerte.

—*Madame la Comtesse* —intervino Gastón, acercándose a ella, —creo que está usted un poco aturdida. Será mejor que se siente—. Y la tomó del hombro con suavidad, conduciéndola de nuevo a su silla.

—¡No me toque, que cada vez está peor este antro! Esto es asqueroso, huele a rancio y a sudor, y lo único que te ofrecen son unos pasteles secos y un café asqueroso. ¡Mira ese cartel, parece que lo han cagado las palomas y encima quieren cobrarte un ojo de la cara por una copa! ¡Qué asco, por Dios, y quíteme las manos de encima!

La señora condesa continuó gritando hasta que el camarero dejó otra copa sobre su mesa. Entonces dio un trago, con el que pareció tranquilizarse un poco.

El señor du Plessis, mientras tanto, se había acercado a Monsieur Fleury y le enseñaba una caja que llevaba en el bolsillo, diciendo con voz entrecortada que su ingrata amada había despreciado aquel anillo de boda por órdenes de su padre y que no encontraba el sentido a vivir sin su Ninette.

El poeta, que se encontraba en una agradable ensoñación, se espabiló un poco. No dejaba de ser curiosa la coincidencia. La muchacha de su poema se llamaba igual.

El joven Tristán dio varios hipidos y suspiros, que tuvieron el efecto de espabilar a la vieja, que se puso en pie y volvió a increparlo.

—Es cierto que eres un perdedor, hueles a fracaso, eres un desgraciado y no mereces vivir —le gritó en tono maligno—. Pero no eres lo suficientemente hombre para acabar con todo de una vez.

Monsieur Fleury la miró horrorizado. ¿Por qué decía esa mujer esas cosas tan terribles?

De repente, como si la serenidad hubiese vuelto a su persona, el joven Tristán se puso en pie, se vistió con su levita y salió del local, ondeando su sombrero a modo de despedida.

El camarero Gastón, que seguía puliendo y colocando vasos, hizo un gesto a través del cristal a un limpiabotas que se encontraba sentado unas puertas más allá, para que lo siguiera.

Se produjo un silencio incómodo, marcado por el tic tac del reloj que colgaba sobre el espejo del mostrador. Pronto darían las doce y pasaría el último tranvía. Monsieur Fleury deseó levantarse y marcharse a su casa, pero se sentía excitado, como si la inspiración se negara a abandonarlo, así que tomó de nuevo su cuaderno y continuó escribiendo.

Que las palabras sigan fluyendo como el agua de un río, que no haya barreras que detengan su corriente. Que la pluma se deslice sobre el papel con suavidad, dejando tras de sí un rastro de ideas y emociones. Escribir es un acto de valentía, es enfrentarse al temor de no estar a la altura de tus propias expectativas.

En esto volvió el limpiabotas.

—¡Señor Gastón, señor Gastón, el joven se ha vuelto loco, está subido encima de la barandilla del *Pont Neuf,* y está tan borracho que puede caerse de un momento a otro!

El camarero les invitó a salir, cerró con prisa la puerta y se marchó rápidamente por las Tullerías.

Monsieur Fleury se quedó parado a la puerta del café, espabilando poco a poco por el frío y la humedad de la noche, y de pronto recordó su poema… *que las aguas azabaches del río Sena la tumba sean de Tristán el desdichado!* ¡Y uno de sus versos hablaba del *Pont Neuf*!

Sintió una punzada en su estómago, un zarpazo de la culpabilidad y comenzó a correr por los muelles del Sena.

Cuando llegó al puente *Pont Neuf,* apenas podía respirar y jadeaba debido al esfuerzo. Se quedó mudo de asombro al ver que aquella maldita vieja, la *comtesse* de Dios sabe qué, estaba allí también, mirando con sus ojos crueles los esfuerzos de Gastón por bajar del pretil a aquel desdichado.

—Vamos, señor du Plessis, ya está bien, por favor, baje de ahí.

—Que no, que no, que se dé un buen baño —gritaba la vieja desgañitándose.

—No haga caso, Tristán, no haga caso. Por favor, baje aquí y deme un abrazo, es verdad que ahora es de noche, pero siempre vuelve a amanecer. Ningún dolor por profundo que sea es para siempre, ninguna mujer merece que usted se mate por ella.

Aquellas palabras parecieron apaciguar al joven, que se bajó con un salto torpe.

—Eso es, amigo, venga aquí, aléjese de la barandilla. —Gastón envolvió en un amplio abrazo a Tristán, que temblaba violentamente.

—Maldito seas, tú y aquel desgraciado igual que tú, que me arrebató a mi hija y la llevó a lo más hondo de la locura, el que la hizo saltar una noche como hoy de ese mismo puente. No tienes redaños, aun perdida de dolor, ella fue más fuerte que tú.

Monsieur Fleury la escuchaba escandalizado.

—Cállese, maldita vieja, por su culpa este hombre va a hacer una locura.

El joven, respirando con dificultad, miró con angustia al camarero y a la condesa, y después a Monsieur Fleury, hasta que volvió a subirse al borde del puente con un brinco espasmódico y saltó hacia el vacío.

Sonó un golpe sordo cuando su cuerpo chocó contra el agua, un tímido chapoteo, y después nada.

Monsieur Fleury se asomó anonadado, sin ver nada más que la tenebrosa oscuridad del agua.

—¡No se quede ahí, vaya a avisar a los gendarmes! —le gritó el camarero—. ¡Yo acompañaré a la señora!

El linotipista echó a correr río arriba, tan rápido como le permitían sus piernas, hasta que sintió un dolor enorme en el estómago, que le hizo doblarse sobre sí mismo y vomitar al pie de un árbol, tembloroso y mareado.

Se sentó en un banco a esperar a que le volvieran las fuerzas, sintiéndose miserable. No era culpa de aquella vieja, aquello era por su culpa, por su maldita culpa. Ahora entendía por qué la leyenda había permanecido oculta entre las páginas de un libro hasta caer en el olvido, porque no era benéfica, era una horrenda maldición.

Con lágrimas en los ojos, sacó su cuaderno del gabán y lo arrojó a las aguas del río, como quien ofrece un sacrificio a un dios sin misericordia.

Cuando consiguió serenarse, dirigió sus pasos hacia la gendarmería, donde tuvo que dar repetidas explicaciones y aguardar allí un buen rato hasta que le permitieron marcharse.

Mientras tanto, Gastón se dirigía sigiloso por una calle oscura hacia el barrio de Montmartre. Ya cerca de sus callejuelas, se le acercó el limpiabotas, pidiéndole su parte por el aviso.

Sin mediar palabra, el camarero le tendió al chico un billete de diez francos.

—Hay que ver, Monsieur Gastón, ya van dos en este mes. —Y se marchó tan contento.

Otra vez a solas, Gastón se encogió de hombros con filosofía. Después se palpó la camisa, sintiendo a buen recaudo en el pecho la cartera de Tristán y la caja con el anillo.

LA ESCAPADA

Teo de Prada Blanco

La culpa es mía por haber aceptado este viaje. Levantarme tarde, tomar un café en cualquier bar del barrio mientras leo los periódicos, o simplemente amodorrarme en el sofá y ver pasar el tiempo. Esa es mi idea de un fin de semana. Pero no, había que salir, desconectar unos días de la rutina, me dijo.

Sábado por la mañana. Suena el despertador. Ella está de aquí para allá por la habitación. Ni en vacaciones es capaz de estar tranquila, sin hacer ruido, a lo suyo. Me levanto y está en medio de la habitación, con esa mirada de reproche, que me dice que siempre tiene que esperar por mí.

Antes de salir, fantaseaba con un imprevisto de última hora, no sé, una enfermedad de cualquiera de los dos, una avería del coche o, mejor aún, que ella desapareciera. Sí, de verdad, uno de esos casos que salen en los telediarios en el que una persona sale de casa por la mañana y no se vuelve a saber nada de ella.

Al pensarlo me doy cuenta que no sería capaz de hacer todo ese paripé de familiar apenado, desesperado por la ausencia de ese ser querido que lo es todo en su vida, el tiempo que le tendría que dedicar a su búsqueda, su familia haciéndome preguntas cada día. Qué pereza. Al final seguiría presente en mi vida cada día, cada año, un recuerdo vivo en aniversarios y reuniones.

Bajamos a desayunar tarde, y de nuevo esa mirada me dice que es culpa mía. Me siento y sale disparada hacia el buffet, ya sabes, un buen desayuno marca el resto del día. Después de traer su desayuno, me levanto a por un café y algo de bollería, y al volver a la mesa de nuevo mira mi plato y menea la cabeza en otro gesto de desaprobación. Mientras desayunamos me empieza a contar algo, pero enseguida pierdo el hilo y simplemente asiento como si estuviera siguiendo su conversación.

Mi mente divaga, mirando a la gente que está a nuestro alrededor, pensando que quizás haya alguien que esté pensando lo mismo que yo. Algunas parejas desayunan mientras observan sus móviles sin mirarse, otras se dedican a pasarse platos entre sí, atiborrándose mutuamente.

Vuelvo a prestarle atención y me doy cuenta de que me está preguntando algo, pero como no le he escuchado, me quedo con cara de lelo sin saber qué decir. Si no te interesa lo que te digo dímelo y no te aburro con mis cosas, cierra el desayuno. Se levanta y se marcha dejándome solo en la mesa. Termino el café y vuelvo a la habitación. En el ascensor voy elaborando una lista de excusas para intentar arreglar la situación, pero ninguna convincente. Perdona, pero no he dormido bien, estaba despistando pensando en cosas del trabajo, estaba mirando a los de la mesa de al lado que me parecían gente rara. No, esta última no, me diría que a mí todo el mundo me parece raro, y tendría razón. Cada día me resulta más extraña la gente, su forma de hablar, de comportarse, de lo que hablan. Hago un gran esfuerzo por ser sociable, por tener conversaciones con gente que ni me importa ni me interesa. Hasta hemos hecho alguna cena con sus amigos, ese grupo de frikis.

Llego a la habitación, pero la puerta está cerrada. Hasta esa manía, que cuando nos conocimos me hacía gracia, ahora no la soporto. Me dijo que era incapaz de ir al servicio si había alguien en la habitación. Me pareció tierno y curioso, pero con el paso de los años me parece un completo coñazo, y más cuando tienes a una persona en la puerta a punto de mearse encima.

Cuando termina y abre la puerta, entro al borde de hacérmelo encima. Oigo ruidos en la habitación, abrir y cerrar cajones, perchas golpeándose entre sí. Salgo del servicio y ya ha colocado todo en los cajones y los armarios. Otra de sus maravillosas costumbres. Me pasaré el fin de semana buscando en los cajones mi ropa.

La intendencia de la playa, toallas, esterilla, agua y el resto de cachivaches para pasar el día en la playa corre de mi cuenta. Es la prueba de fuego de mi compromiso en estas vacaciones. Comienzo a meter dentro de la mochila todo, mientras ella se asoma al balcón. Fantaseo con un simple empujón.

Pero de nuevo pienso en todo el lío que se formaría, la policía, la ambulancia, y sobre todo que el golpe no acabara con ella. Eso es lo que me aterra.

Termino con la mochila, mientras ella agarra su capazo, un bolso de mimbre de toda la vida, y sale por la puerta. El camino hasta la playa es en silencio, ella delante y yo detrás, como esos perrillos que han hecho una trastada y temen la ira de sus amos.

Planto la sombrilla y las toallas, y con la excusa de comprar tabaco, me voy al primer chiringuito que veo. Espero que en ese rato se le pase el enfado. Vuelvo al cabo de quince minutos y ya está en la toalla, al sol. Ni un hola, ni un has tardado demasiado. Se impone la ley del silencio. Saco el libro, que compré antes de salir, para tener la excusa de estar sin hacerle caso.

Empiezo a leer, y no sé si lo hace adrede o es que tiene un sexto sentido, pero empieza a hablarme. Es otra de esas conversaciones de pareja que no me apetece tener. Siempre son iguales y siempre acaban con alguna lágrima, por parte de ella, y una lista de propósitos de enmienda por mi parte que no cumpliré. Un beso sella la paz.

Al rato se va a dar un baño. La miro mientras se aleja, dando saltitos entre las toallas hasta llegar al agua. Sigue conservando ese andar elástico, como si desplazarse no le supusiera ningún esfuerzo. El bikini le queda estupendo y veo algunas miradas de deseo a su paso. Yo ya no la miro así.

Cuando nos conocimos, lo que me atrajo de ella fue su seguridad, esa forma y atraer la mirada de todos. Guapa no eres pero no estas mal, fue mi frase de presentación. Bien por mí. Después de esa primera vez, coincidimos varias veces con amigos en común, y entre cafés y alguna cena, empezamos a salir juntos. Todo muy normal. Y ahora, diez años más tarde, ya no la soporto. Me aburre su conversación, su carácter metódico me crispa, esas ganas de tenerlo todo controlado y planificado siempre, me abruma y me repele. Lo que antes me atraía de ella, me resulta cada día más desagradable. Su manía de madrugar los fines de semana, el estar haciendo planes para hoy, para mañana. Siempre hay que estar haciendo algo.

En este tiempo he pasado de ser un tío tranquilo, de fines de semana de lectura, series o paseos tranquilos con una buena comida entre amigos, a tener cada fin de semana planificado al minuto. He pasado por clubes de senderismo, retiros de meditación, o catas en bodegas perdidas de la mano de dios. De no tener nada organizado, hacer las cosas según me apetecía, a este suplicio de horarios cuarteleros de toque de diana y maniobras.

Después de idas y venidas al agua, de ella, a mí el mar no me gusta, me resulta una guarrada, volvemos a la carga. A dónde vamos a comer se convierte en una nueva pelea. Chiringuito no, solo hay sardinas y la gente huele raro, ella; pues volvemos al hotel y comemos algo allí, yo. Lo de siempre, lo fácil, su respuesta. Toca echar mano de internet y buscar algo que le haga gracia. Mira, este restaurante parece que está muy bien y dicen que es toda una experiencia. Gana ella.

En la sobremesa, hago un nuevo intento para volver a la paz del hotel. Se impone una ruta turística. Gana ella. Nos pasamos la tarde andando, deambulando de un sitio a otro. Ella, plano en mano, dirige el recorrido.

Cuando llegamos al hotel, no soy persona. Lo único que quiero es ducharme, cenar algo y ver la televisión. Ella entra primero a la ducha, así que me toca esperar. Y de nuevo fantaseo con la idea de un resbalón en la ducha, un mal golpe en la cabeza y conquistar de nuevo la paz en mi vida. Ya se sabe que hay accidentes domésticos cada día. La imagino tirada en el suelo, la cabeza sangrando, respirando con dificultad. Me pregunto si sería capaz de esperar hasta su último estertor, o si simplemente cerraría el agua y me bajaría a cenar como si tal cosa.

Mientras estoy en estas disquisiciones, sale de la ducha rodeada de una nube de vaho. Yo ya he terminado, es el pistoletazo de salida para una /ducha contrarreloj. En un intento, uno más, de provocarle desagrado y empujarla al abandono de esta relación, mi higiene personal ha dejado de ser una prioridad para mí. De ducha diaria y afeitado, he pasado a ducharme cuando ya me desagrada mi olor y llevar una barba desaliñada. Pero hoy toca ducha. No me aguanto ni yo.

Salgo de la ducha y ya está en perfecto orden de revista. Vestido de fiesta en color negro que no deja nada a la imaginación. El maquillaje completa el conjunto. Para alguien que no la conozca, un pibón, yo no la tocaría ni con un palo.

En la cena se repite la misma situación que en el desayuno. Ella y su verborrea, yo más pendiente de lo que pasa a mi alrededor que de ella. De vez en cuando conectó con su conversación. Esta vez habla sobre su familia. Aprovecho para hacer un par de comentarios sarcásticos sobre alguno de sus hermanos e intentar seguir socavando esta relación. Ni por esas, me da la razón y sigue despotricando. Fallo.

A nuestro lado se sienta una pareja con niños. Ahora sí que puedo hacer daño. Me quedo mirándoles y ella se da cuenta. Veo que su mirada va llenándose de nostalgia, de pérdida, de algo que le falta y que sabe que ya no podrá tener. La veo rememorar mentalmente los intentos que hicimos para tener niños, los largos tratamientos de fertilidad, las pruebas. Y al final los resultados y su infertilidad. Tanto para mí. El resto de la cena se lo pasa ensimismada en estos pensamientos y yo evito escucharla. Puede parecer cruel, pero ya solo se trata de pura supervivencia.

Llega la hora de copa y cigarro, y la orquesta de turno trasnochada, ameniza el rato. Procuro atizarme un par de copas rápidas para caer en un sopor que me exima de bailar. A ella siempre le ha gustado y yo me siento como un gilipollas con problemas motrices. La animo a salir y bailar con quién le apetezca, más por tener un rato de tranquilidad, que por qué conozca a alguien y me deje. Esa etapa ya la he pasado y no funcionó.

La noche termina con algún sobeteo de algún guiri manos largas para ella y conmigo medianamente borracho. Lo justo para ser capaz de llegar a la habitación con dignidad y meterme en la cama. De sexo ni hablamos.

Es domingo y esto se acaba. Como le gusta apurar al máximo el tiempo, toca madrugar para un último baño. De nada sirve mi aspecto resacoso ni que intente bajar más tarde. Desayuno y playa no negociables. Pasa la mañana entre la toalla y el agua, mientras yo intento dormir y evitar alguna náusea ocasional.

Hora de despedida y cierre. Mientras ella termina de recoger sus cosas y colocarlas en perfecto orden en su maleta, yo inicio la penosa tarea de hacer la mía. Siempre me ha pasado y por eso no me gusta viajar. Todo lo que ha venido en mi maleta sin ningún problema, ya no cabe. Meto toda mi ropa de cualquier manera y sentado sobre la maleta intenta cerrarla. Después de varios intentos y reventar una de las cremalleras lo consigo. Otra mirada que grita inútil.

Conduce ella, hueles a alcohol, es su sentencia. Como es media mañana, decide hacer varias paradas para visitar un monasterio y un pueblo no sé dónde. Mi idea de llegar a casa y dormir la mona, se esfuma. La primera parada supone subir a un monte para ver una ermita medio derruida, un repecho de nada y además te vendrá bien para espabilarte. Sudo, y ese sudor me huele rancio. Llego medio muerto y suplicando agua. Con su mirada de superioridad me tiende una botella helada. Doy cuenta de ella en tres tragos, pero me mantengo firme y ni la miro para agradecerle el detalle.

Vuelta al coche y nueva parada. Esta la agradezco porque supone comer. El horror llega a la hora de pedir. Es un restaurante vegano. Otra de sus últimas manías, comer sano que ya vamos teniendo una edad. La carta es de llorar y acabo eligiendo una simple ensalada. No hay sobremesa, ni café. Un cigarro a medio fumar y vuelta al coche que se nos echa el tiempo encima. Hay que joderse.

Sigue conduciendo ella, te veo cara de cansado, o lo que es lo mismo, tienes pinta de borrachuzo y seguro que te quedas dormido. La música es el único sonido que se escucha mientras la veo apretar mandíbula y poner cara de concentración.

Antes de llegar a casa, una última parada. Hay que echar gasolina.

Paramos en una gasolinera de carretera llena de camiones y autocares que vomitan turistas de vuelta a sus extrañas vidas. Con un necesito un café y comprar tabaco, salgo del coche. No espero a que me responda. Con mi café en una mano y un cigarro en la otra me camuflo entre la multitud que está esperando a volver a montar en sus autocares. La veo bajarse del coche, llenar el depósito e ir hacia los servicios. Esta sería una buena oportunidad. Montarme, utilizar el segundo juego de llaves, arrancar y desaparecer. Pero seguro que volvería a casa, de alguna manera lo conseguiría. Convencería a un conductor o un camionero despistado para que la dejara a las afueras y después cogería un taxi hasta la puerta de casa. Y vuelta a empezar con este sufrimiento.

Dos horas más tarde llegamos, por fin, a casa. Como desde hace una temporada dormimos en habitaciones separadas, roncas y no me dejas dormir, me gusta que todo esté a oscuras, me voy directo a mi habitación. La oigo desde allí, ir a la cocina, deshacer la maleta, ducharse. Me crispa, estoy a punto de salir de la habitación y gritarle que se vaya, que me deje en paz, que no aguanto ni un segundo más, y en ese momento tengo una epifanía. Quizás sea yo el que tenga que desaparecer. Perderme en sus reglas y sus manías, dejar de ser yo para poder mantenerme cuerdo. Y mientras, seguir escribiendo esta historia. Que todo el mundo lea cómo me ha destruido y ha cambiado mi vida. Si no lo hago, esto acabará mal.

DÍA DE PERROS,
NOCHE DE BRUJAS

Raquel Casas Nogales

Chema entró en Casa Cuervo como todas las tardes. Se sacudió los pantalones y se sentó en uno de los taburetes desvencijados de la barra. Adela salió de la trastienda y sin preguntar, empezó a manejar la cafetera centenaria accionando la palanca como el maquinista de una locomotora. A esa hora las pocas mesas del bar estaban llenas y el vocerío de hombres riendo y discutiendo a la vez, enervaba a Chema, acostumbrado a estar solo, aunque sabía que tenía que aguantarlo. Había que dejarse ver.

—Hoy vienes más tarde, ¿no?

—Sí, se me enredó el día allá arriba.

—Bueno hombre, traes mala cara.

Adela le puso el café y le miró fijamente a los ojos. Chema le sostuvo la mirada sin cambiar su expresión tristona y apaisada hasta que no pudo más.

—¡Para ya, mujer!

—Tuviste mal día Chema, pero los que llegan no van a ser mejores.

—¿Qué sabrás tú?

Adela se rio entre dientes mientras se giraba para atender a una mujer que esperaba en la tiendecita anexa al bar. A esa hora las mujeres entraban solo en caso de urgencia y marchaban pronto. Chema se quedó mirando a la mujer: no la había visto antes pero tampoco parecía una turista. Era vieja, con el pelo largo y canoso y vestía un chal de lana de colores apagados por los años y unas botas embarradas. La mujer le pidió algo a Adela, cuyo rostro cambió descaradamente de la sonrisa impuesta al desprecio absoluto. Adela se metió en la trastienda golpeando la cortina al pasar y enseguida salió su marido Juan. Chema vio como Juan le daba un móvil a la mujer y un cargador. Ella lo cogió y sacó de una bolsa de tela unos gorros tejidos a ganchillo y Juan negó con la cabeza. La mujer inclinó la cabeza y salió del bar bien erguida.

Juan se acercó a Chema y cogió su taza ya vacía.

—Juan, ¿tú sabes de quién son las vacas que suben al prado del Pozu de las Muyeres Muertas?

—¿A qué te interesa eso ahora?

—Estuve hoy allí en la mañana. Me mataron los perros Juan, a Baloo y a Colmillo. Envenenaron un ternero y los perros lo olieron bajo la nieve. Yo vi que excavaban algo, pero pensé que sería un cervatillo o un jabalí. Cuando los alcancé, los perros ya casi lo habían desenterrado y lo habían mordido. Entonces empezaron a echar espuma por la boca y a aullar. Se volvieron como locos. En pocos segundos estaban en el suelo, rígidos. Cargué con ellos como pude al coche y bajé a Cangas. Cuando llegué, uno estaba muerto, el otro murió al entrar donde el veterinario.

—Pero qué terrible Chema. Espera, que llamo a Felipe. Él sabrá.

Adela salió de la recamara dejando el bamboleo de la cortina de cuerdas tras ella. La madera oscura de la barra y de los estantes daba un aspecto sombrío al interior del bar, solo alegrado por la multitud de botellas de todo tipo y tamaño reflejadas en un espejo descolorido de marco dorado.

—Ya escuché a Juan. Anda, tomate otro café, invita la casa.

Chema removía su café lentamente concentrándose en el girar de la cuchara. La espuma de la leche le recordaba la capa de nieve blanda que había pisado en la mañana. En cómo le costaba levantar los pies que se hundían bajo el peso de su mochila que, como siempre, iba hasta arriba con el equipo para hacer el seguimiento del grupo de osos de la zona. Hoy tenía que llegar a las oseras de las peñas altas para comprobar el censo de osos supervivientes al invierno y de sus camadas. El buen tiempo de la semana anterior y algunas huellas le hacían pensar que ya no quedaba ninguno hibernando. Esta nevada tardía le facilitaba el trabajo, no solo por las huellas de oso en la nieve, también porque no se habrían desplazado muy lejos de sus refugios de invierno. Sin embargo, las huellas en la nieve también traían problemas. Las de los furtivos. Sabía que estaba obligado a dar aviso, pero cada vez estos avisos le traían problemas mayores en el pueblo. La última vez fue con su hija, Sofía. Así que ahora, más de una vez pasaba de largo.

—¿Qué pasó, Chema? Me contó Juan. Vaya mala suerte, hombre.

—Ya ves Felipe. Tú que estás en la Junta de Pastos, ¿sabes quién sube por esos prados las vacas?

—El Pozu de las Muyeres Muertas pertenece a tres pueblos. Conozco a varios que tienen allí las vacas, pero no sabría decirte con seguridad porque las van moviendo. Además, seguro que tuvo que ser alguien de fuera del valle, no van a poner veneno en su propio monte. Ha habido muchos ataques de lobos por esos valles.

—Sí, claro, pudieron dejar allí el ternero, pero igual alguno de los que sube vio algo.

—Si quieres puedes preguntarle a Joaquín. Está en la terraza de fuera, ese es de Vega de Hórreo y algún año sube allí las vacas. Pero eso tú ya lo sabes, es tu pueblo.

—Sí, claro que lo sé.

—Mira Chema, siento lo que te ha pasado. Pero ya sabes que la gente no habla mucho. Además, seguro que has llamado a los guardas, ¿a qué sí?

—¿Y cómo no los voy a llamar? Envenenaron a mis perros, Felipe. Saben que en esta época subo a diario a las peñas.

—Sí, sí, una putada. Pero sabes que la cosa no iba contigo. Son cosas del monte.

—Esto no va a quedar así, Felipe.

—No, claro que no. Mira, desde que han prohibido cazar a los *lobus* esto va a ir a más. No es que a mí me guste, pero oigo cosas. Ándate con ojo, Chema, que bastante tienes con un trabajo como el tuyo. Acábate el café y recógete, anda.

Chema, sin apartar sus dos ojos azules del café, sacó su cartera y dejó un par de monedas en la barra. Salió despacio acompañado de los quejidos de la madera por sus pisadas y miró hacía donde estaba la terraza, cruzando la carretera. Joaquín estaba con otros paisanos jugando a las cartas, aprovechando que el anochecer era apacible a pesar del frío. Por un minuto esperó, sopesando las consecuencias de no poder contener su ira y finalmente montó en su todoterreno hacia el albergue donde vivía. El corto trayecto hasta Vega de Hórreo se le hizo muy largo, como espeso el silencio que ahora cargaba en la parte de atrás del vehículo. El sonido del teléfono lo trajo de nuevo al presente.

—Chema, ya tenemos los resultados.

—Sí, dime, dime.

—Murieron por herbicida. Ya te dijimos que ahora se usa mucho. Se puede comprar sin problema y ya viste cómo actúa.

—¿Se sabe algo del ternero? ¿Tienen ya al dueño?

—No, Chema, ya hemos pasado los datos, pero no va a ser fácil. El crotal estaba medio arrancado y en ganadería no colaboran mucho que digamos, ya nos ha pasado antes.

—¿Y ahora qué?

—Tómatelo con calma. Y no hagas tonterías. El campo es demasiado grande, pero vecinos sois pocos. Ya me entiendes.

Chema llegó a su casa, el albergue de Vega de Hórreo, un edificio grande, de dos plantas. Había sido la escuela de la aldea hace ya muchos años. Luego fue el recuerdo de que una vez hubo niños, tantos que hasta esta diminuta aldea tuvo su propio maestro. Pero los niños crecieron y se marcharon. El ayuntamiento, viendo que la casa se caía en su abandono, se la cedió a Chema para montar su empresa de turismo de naturaleza. Los seis vecinos de Vega se alegraron de la llegada de Chema y de que por fin volviera a haber *neñus* en el pueblo. Chema tenía una niña y un bebé de pocos días cuando llegó con su familia hacía unos meses.

Aparcó frente al albergue y vio en la entrada a su mujer, que movía nerviosamente al bebé en brazos tratando de calmarlo.

—Chema, ¿qué pasó? El grupo llegó hace casi una hora.

—Nos mataron a los perros. No le digas a Sofía, cuando estemos solos ya hablaré yo con ella.

—No puede ser, otra desgracia, el Santísimo nos proteja. Ay, Chema, estoy muy preocupada. El bebé no se calma, ya no sé qué hacer. Nos echaron mal de *güeyu*. Ya te dije.

—¿Cuántos llegaron del grupo?

—Solo cuatro. Te están esperando en el comedor. Ya les di las llaves de las habitaciones y Sofía me está ayudando en la cocina para darles ahora la cena. Con el bebé así yo no puedo.

Chema entró en la casa, no sin antes darse la vuelta instintivamente para coger a los perros y atarlos como hacía cada noche.

El sol despertó con fuerza esa mañana y Chema ya lo andaba esperando en el alto del Pozu con el grupo. Un paso natural del lobo y pelado por su altitud y el uso ganadero, convertían a este puerto en un lugar único para hacer avistamientos. Era una de sus salidas favoritas durante todo el año. En verano llevaba al amanecer a los chicos de los campamentos. Chema, con su camiseta lobera, montaba dos telescopios y repartía prismáticos. La expectación era tal que cuando parecía que algo se movía todos los chavales callaban y temblaban de emoción. Los que tuvieron la suerte de ver lobos no contaban otra cosa durante el resto del día, en las conversaciones telefónicas de la noche con sus padres y cuando volvían a sus casas. Habían visto lobos. Habían estado cerca de lobos. Con los adultos la emoción era igual de intensa. Incluso con los expertos de despacho, como llamaba Chema a los biólogos que lo sabían todo del lobo y luego les temblaba el pulso al verlos tan cerca. El resto del día lo completaba con rutas para ver las oseras y buscar zarpazos en los avellanos y otros restos de los numerosos osos de la zona. Siempre advertía de cómo comportarse si alguno se encontraba de frente con el oso, lo que añadía más emoción a la jornada. Chema les contaba que hay que hablar con el oso. Una anciana de Vega le había explicado que su abuelo, cuando se encontraba con uno de frente le saludaba así: *Osu, buenos días, dónde vas*, y al mismo tiempo retrocedía muy lento. Si veis un oso es que no os ha podido oler, y lo más importante es no asustarlo. Los osos ven muy mal, así que hay que hablarlos. Chema esperaba que ninguno de sus *clientes* tuviera que poner en práctica sus consejos.

La nieve se había endurecido en las zonas de sombra y en el resto estaba casi derretida. Chema se subió a una peña y montó su telescopio. Un grupo de vacas pardas pastaban cerca de los restos de un antiguo corral. Tuvo que concentrarse para olvidar a las vacas y mirar hacía el desfiladero. El grupo, todos de mediana edad, ya oteaba la distancia con los prismáticos. El silencio era absoluto. Casi absoluto. Un aullido detrás de una de las peñas puso a todo el grupo en guardia. Chema ajustó el telescopio y todos esperaban cuando un ejemplar salió de entre los matorrales para perderse en la lejanía de la montaña corriendo. Las caras de felicidad y asombro iban alternándose en el telescopio.

—¡Mirad, sale otro más! —dijo uno de los turistas.

Todos apuntaron de nuevo los prismáticos a los matorrales y Chema miró raudo por el telescopio. Un bulto negro, grande, se movía agazapado.

—Un oso —dijo otro.

—Un oso de dos patas —dijo Chema, reconociendo a la vieja del pelo blanco que había entrado a la tienda de Casa Cuervo -Es una paisana. Santa madre, que hará esa mujer por entre esos matorrales a estas horas. Aunque seguramente fue ella la que espantó al lobo y tenemos que agradecerle que lo hemos podido ver.

Siguieron mirando un rato, aún impactados de ver a un lobo solitario y esperanzados de que, si habían tenido esa suerte, ahora les tocaría ver al oso. Felices recogieron para bajar a desayunar al albergue. Subieron al todoterreno y, tras varios intentos, Chema no pudo arrancarlo.

—Será la batería. Llamaré para que vengan a arrancarla.

Cuando la mujer de Chema descolgó el teléfono, este colgó sin contestar. Un Land Rover se acercaba despacio hacía ellos. Chema le hizo señas y el vehículo se paró al lado. No se esperaba que el conductor fuese nada menos que Juan.

—Hombre Juan, menos mal que has pasado por aquí. Me quedé sin batería. Espérate que saco las pinzas y nos arrancas en un momento.

—Che, sin batería y con el *nuberu* cerca. Suerte has tenido de que pasara, que a estas horas no creo que venga mucha gente por aquí.

Juan acercó el coche y Chema, ya con las pinzas preparadas, las colocó en su batería. El todoterreno arrancó a la primera.

—¿Y cómo es que te falló la batería? Tú que siempre vas tan *preparao*.

—Cosas de *trasgu*. Si tiene menos de un año y recién pasó el coche la revisión.

—Últimamente te pasa de todo hombre. Ándate con cuidado, que cuando uno empieza así es que le echaron un mal de *güeyu*. Y desde que llegó la mujer esa que vive en el Corralillo, ya escuché a más de uno quejarse de cosas de estas.

—¿Qué mujer?

—Es una francesa, ya añada, que dice se vino porque buscaba un bosque puro donde respirar. Dice que andaba enferma desde niña por los humos de la ciudad y que aquí puede respirar. Se quedó en una de las casas abandonadas del antiguo pueblo del Corralillo y vive allá sola, nada más que con unos gatos.

Vende gorros y alguna cosa de esas para sacarse unas perrillas, pero vamos, que se alimenta de hierbas y de lo que encuentra por allí. Mala sangre se me hace, que nada bueno trae gente así.

Chema llamó a su grupo y marcharon al albergue. Tenían un programa muy apretado por delante para visitar las zonas de paso de osos más frecuentadas y visitar a los artesanos de la zona. Su mujer ya hacía rato que había preparado el desayuno y cuando llegaron estaba marchando con Sofía y el bebé en su pequeño coche rojo.

—¿A dónde vais?

—Vamos a donde el doctor, el pequeño sigue llorando. Si no le ve nada, iremos para la ermita.

—Déjate de tonterías, anda. Llámame cuando salgas del médico y hablamos.

El día siguió según lo previsto, aunque se notaba cierta desilusión en el grupo cuando después de hacer varias esperas solo se dejaron ver unos tímidos rebecos y un águila en la lejanía. Sí hubo un poco de revuelo cuando Chema les mostró una huella de un oso macho que les volvió a subir la adrenalina cuando volvían del hayedo de Hermo.

La visita a los *cunqueiros* cerró una jornada larga y agradable. Rosa, dueña del único negocio que pervivía en la zona, les hizo la demostración de la talla de madera junto a otros visitantes. Luego todos marcharon a la tienda para comprar un recuerdo de aquella olvidada tradición.

—Chema, me preguntó el guarda por ti. Dice que te ha estado llamando y no te localiza.

—Sí, puede ser. Se me descargó el móvil a media mañana. ¿Te dijo para qué era?

—Creo que apareció un lobo muerto esta mañana por la zona esa que visitas tú, el Alto del Pozu. Quería saber si viste a alguien por allí.

—Pues sí que estuvimos, y vimos a una mujer que dicen que vive sola en el monte, ¿tú sabes quién es?

—Pues claro, ya es medio famosa por estos lugares. Francine se llama. Llegó de Francia con una maleta hará tres o cuatro meses. Decía que le habían recomendado vivir en un bosque por no sé qué problema en los pulmones. Se fue para las casas abandonadas del Corralín y allí puso abejas que le regaló un paisano y plantó algo de huerta. Mira, en la tienda tengo gorros suyos que le hago el favor de vender. También viene a recargar su móvil. Suele venir cada diez días o así. Ahora mucha gente va a visitarla, curiosos y otros que dicen que como es *bruxa*, te cura las maldiciones por la voluntad.

—Pero tú no crees esas tonterías, ¿verdad? Mi mujer está a vueltas con esas cosas a cada rato.

—Pues mi madre dice que si no es por una *bruxa* de estas mi hermano andaba muerto. Que de niño le echaron el mal de *güeyu* y no paraba de llorar. Empezó a secarse y ya lo daban por muerto cuando una gitana que sabía le dijo una oración y en una semana estaba tan hermoso.

—Anda Rosa, déjame tu teléfono que tengo que hacer unas llamadas.

Cuando Chema terminó de hablar, su grupo le esperaba en la calle. Ahora solo quedaba la vuelta al albergue, la cena y la sobremesa donde Chema solía contar anécdotas de sus encuentros con animales salvajes y leyendas de los personajes fantásticos de la zona. Así sus turistas, que marchaban al día siguiente, llevaban una vivencia más profunda de las tierras que habían explorado.

Cuando llegaron, el guarda, al que Chema llamaba Joselu, los estaba esperando. El grupo entró a cenar y Chema aprovechó para hablar con él a solas. Su mujer lo apremió con gestos, señalando al bebé que dormía hipando y se despertaba cada poco con unos llantos terribles.

—Esta vez ha sido una hembra. Fue saliendo del Pozu para Ibias. Lo tiraron de cerca. ¿Viste a alguien esta mañana?

—Sí, vimos un lobo justo por allí al amanecer. Pero era un macho. Puede que fuese su pareja. Fue una cosa extraña. Del mismo sitio que salió el lobo apareció luego una mujer. Parecía como que le estaba espantando para que huyera. Creo que era la francesa que dicen vive por el Corralillo. Me dio la sensación de que andaba tranquila cerca del lobo, sin miedo. Casi como si hablase con él. No la vi arma ni me parece que anduviera haciendo algo así.

—Francine, la bruja. Sí, la conozco bien. Es una defensora nata de los animales, y anda molestando a los cazadores a cada rato por espantar a los animales que están a tiro. Ha tenido problemas, ya sabes. Los de aquí no quieren ojos en el monte. Entonces, ¿seguro que no viste a nadie más?

—No. Solo a Juan, el de Casa Cuervo. Tuvo que arrancarme el coche porque se me quedó sin batería.

—Pues Juan precisamente no creo que colabore.

Desde que puso vacas en el Pozu anda siempre detrás de que los lobos le han matado ya no sé cuántos terneros. Pero de eso nada, ni uno ha podido demostrar. Anda quemado, así que está bien saberlo.

—¿Las vacas del Pozu son de Juan?

—Eso es, de Juan y su mujer. Más cosa de su mujer, Adela. Sabes que su familia siempre tuvo vacas y ahora que les va bien el negocio andan a ganar más.

—De acuerdo, Joselu, si me entero de algo te llamo. Anda con Dios, me están esperando.

Chema se unió a la cena pero tuvo que terminar la jornada antes de lo previsto. El bebé lloraba tanto que su mujer le fue a buscar. Tenía mal aspecto. Chema se disculpó con el grupo y marchó con su mujer al ambulatorio de Cangas. Ella le gritaba muy nerviosa.

—Ya lo vieron allí. Me dijeron que no tenía nada. Míralo, lleva dos días casi sin comer nada. Tiene la cara seca. Se está secando.

—No te preocupes, que ya sé quién puede ayudarnos. Tú quédate en el ambulatorio que algún suero le pondrán. Yo sé a donde tengo que ir.

Chema los dejó y marchó dirección Muniellos. En un cruce aparcó el coche a un lado de la carretera y tomó un camino de tierra que se adentraba en el bosque. Con su frontal fue sorteando las piedras y los arroyos, hasta que llegó al pueblo abandonado del Corralín.

—Hola, ¿Francine?

Al rato la mujer con una vela en las manos se asomó por una puerta hecha de tablones de una casa pequeña. Tres gatos se movían entre sus pies.

—¿Quién es?

Chema se presentó y se disculpó por llegar a esas horas. Luego le contó atropelladamente cómo había oído hablar de ella y lo que le pasaba a su hijo. Por primera vez en su vida había perdido el control y las palabras salían de su boca con espanto. Francine le invitó a entrar y puso la vela sobre su mesa hecha también con tablones.

—Yo no soy bruja, como dicen, pero sí creo que la envidia puede hacer daño a los más inocentes. He visto muchas cosas ya. Aquí vinieron unos hombres del pueblo y trataron de asustarme. Me echaron cruces a la puerta, sal en mis plantas y me dijeron que iban a quemar mi casa. Eso porque los vi echando veneno en el campo. Les dije que lo iba a contar y me dijeron que ellos me matarían por bruja. Pero la mayoría de gente que me ha conocido ahora viene a visitarme y me hace regalos. Yo les ayudo porque creo en el poder de las plantas y de la madre naturaleza. ¿Sabes?, a la gente que desea el mal con la mirada hay que dejarles ciegos. Eso diría mi abuela. Así que, si ellos creen que su mal funciona así, lo curaremos de la misma manera que fue hecho. Hay que buscar quién lanzó la mirada del mal de ojo.

—Tuvo que ser el mismo que envenenó a mis perros. El mismo que mata a los lobos.

—No, yo sé quién es ese y él no fue. Vuelve con tu familia y descansa. Mañana nos vemos a la tarde en la Casa Cuervo.

Chema entró a Casa Cuervo como todas las tardes. Adela estaba fuera, atendiendo la terraza. Juan detrás de la barra secaba con un trapo unos vasos.

—Juan, un café.

Juan siguió secando los vasos, sin levantar la cabeza. Cuando acabó se fue hasta la vieja cafetera.

—Qué Chema, ¿cómo te va?

—Dime Juan, ¿qué es lo peor que le puede pasar a las vacas de uno?

—Vaya pregunta, *ché*. Yo que sé, que te las mate el lobo.

En ese momento entró Francine por la puerta y se dirigió a la tienda. Adela llegó rápido a atenderla, alisándose el mandil.

—Ya te dije que no queremos nada.

—Sí, sí, ya lo sé. Vengo porque tengo algo para ti. Mira mis ojos.

Adela miró sin pensar y sin tiempo para nada sintió un puñado de sal que golpeaba en su cara. Chilló de dolor y sorpresa. Francine, tranquila, sacó de su bolso una cruz hecha con palos y la dejó en el mostrador.

Chema agarró a Juan por la manga y le miró fijamente a los ojos.

—No Juan, lo peor es que se te sequen las vacas. Pero esta vez lo vais a comprobar vosotros mismos.

EL DELINEANTE

Julio H. Fuentetaja

Observo los zapatos de las mujeres cuando se acercan hacia mí. Adivino cómo puede ser su cara cuando ya están a dos pasos. Levanto un poco la cabeza y contemplo su rostro. Las que llevan *stilettos* van súper maquilladas, las que llevan deportivas van con la cara lavada. Calculo sus edades, si tienen más o menos de cuarenta. Pocas veces me equivoco. Es un juego entretenido para matar la espera. Estoy sentado en unos cartones con las rodillas plegadas hacia mi pecho. Tengo un edificio de principios del siglo XX como respaldo. Hace esquina con la acera de Recoletos y Gamazo. Es un lugar de paso y siempre hay clientela.

Me he dejado barba para que nadie me reconozca y no me corto el pelo desde hace más de un año. Las greñas, ya canas, contrastan con el moreno de mi piel. Mi camisa de cuadros rezuma mugre y está llena de lamparones. Solía trazar planos y hacer dibujos, pero la crisis de la construcción arruinó el estudio de arquitectos y cerró la puerta de mi futuro profesional. Además, el poco trabajo que hay ahora se lo lleva la gente joven, mucho mejor preparada que yo.

Me fundí todos los ahorros con lo del Bet365 y el casino. La mujer me echó de casa, y con los cuatrocientos euros del subsidio no me alcanza para casi nada. Soy una calamidad. Sobrellevo a cuestas en la mochila el fardo de mi miseria. Paso las noches en un ala del seminario con otros quince o veinte como yo. Me gusta comer caliente en el comedor de pordioseros, al lado de la Antigua, después de haberme trincado dos o tres tintos. Cuando termino de comer, me tomo un café y unas copas en el Penicilino. Y así voy sobreviviendo.

Tengo pocos alicientes cuando me despierto por las mañanas. Al principio se me hacía un mundo tener que pedir, me venían sudores y sentía congoja. Ahora, me he acostumbrado. Mi jornada de trabajo es por la mañana, de 8:30 a 1 del mediodía. Es aburrido pero llevadero. Tengo cuatro cajitas de cartón, cada una de ellas con sus letreros: una para ropa, otra para comida, una tercera para vivienda y la última para caprichos.

Me va bien en este sitio. Me fastidia cuando azota el viento del norte, porque me quedo arrecido, pero son pocos días al año. Antes solía situarme en la puerta de la iglesia de los Franciscanos, pero había mucha competencia. Recuerdo un sábado que no venía ni Dios a la iglesia y los pocos que llegaban daban una vuelta para no pasar la vergüenza de no entregar nada. De repente, apareció un tipo con ropa más o menos corriente y una boina en la cabeza. Se sentó a dos o tres metros de donde yo estaba, colocó un pañuelo en el suelo y se puso a esperar. Yo comencé a refunfuñar y le dije que esa zona estaba ocupada y que se fuera a tomar por culo a otro sitio. Él, ni caso. Al cabo de un minuto, llegó otra persona y le echó dos euros, y poco después, alguien más le dio un euro y otro incluso un billete de cinco euros. Yo me cogí un cabreo de mona y traté de echarlo de nuevo. Él simplemente se levantó, y me dijo:

—Tranquilo, jefe. Te cedo toda mi recaudación y me marcho. Acabo de ganar una apuesta.

Pocos días después, discutí y llegué a las manos con Sebas, un colega de los de verdad, del mismo oficio. No quise más líos y me marché. Es muy jodido este régimen de vida.

Así era yo y así me sentía, hasta que hace un mes se acercó una señora a donde estaba sentado. Su hijo, de unos cuatro o cinco años, dejó en mi cajita para caprichos un billete de 50 euros.

—¿No se habrá equivocado usted, señora? Esto es demasiado.

—Le veo aquí muchos días al pasar. He encontrado un buen trabajo y he pensado: tengo que compartir esta alegría con alguien necesitado.

—Gracias. Llevo dos años en esta profesión y nunca había recibido tanto dinero.

—No pierda la esperanza de encontrar algún otro trabajo.

—A mis cincuenta y siete, imposible. Solo sé dibujar, y no muy bien. Aunque podría hacerle una caricatura a su hijo.

—Seguro que lo valora algo más, porque tiene demasiados caprichos. Sus abuelos lo saturan a regalos.

—Si usted quiere, un día tráigame unas pinturas y una lámina y se lo hago.

La señora de los 50 euros volvió con su hijo al sábado siguiente. Yo pensaba que se había olvidado. La gente te dice cosas por compromiso, pero luego pasan. No me he atrevido a decirle que me gasté la pasta el mismo día en unas copas de Jack Daniels. Ha venido con Josele. Mientras posaba para el retrato, el niño me contó un cuento que había traído de casa, sobre la historia de una cebra a la que le habían desparecido sus rayas negras por encanto, y debía recuperarlas. A medida que pasaba por cada dibujo, él comentaba las escenas de la serpiente, el caracol o el arco iris a su manera. Yo aparentaba seguirle, pero era incapaz de estar a las dos cosas. Nunca he tenido hijos. Se me quedaba la cara de bobo al escuchar al chico narrar el cuento. Y estoy seguro de que la madre también disfrutaba observando la escena. A mitad del cuento, ella me dijo:

—Si la serpiente, el caracol o el arco iris no consiguen recuperar las rayas de la cebra, ¿usted, con sus pinturas negras podrá conseguirlo?

—Claro —le respondí.

De vez en cuando, mis ojos se desviaban del niño hacia su madre. Me acuerdo mucho de Teresa: tuvo mucha paciencia conmigo, pero llegó un momento en el que se hartó.

A Josele le gustó la caricatura, aunque creo que a su madre le gustó aún más. La miró unos instantes con detenimiento y al final comentó:

—Podría usted ganarse la vida haciendo dibujos

—Estoy holgazán y apático, no tengo ganas de nada.

—Siempre hay un momento para cambiar.

—Si tuviera alguien sensato con quien compartir mis ocurrencias…

—Seguro que lo hay en su entorno.

—En mi entorno hay descerebrados, ignorantes y borrachos.

—¿No tiene usted familia? —preguntó con dulzura.

—Mi mujer me dejó y mi hermano no me habla.

—Yo podría venir a visitarlo alguna vez. ¿Tú me acompañarías, verdad, Josele?

—Sííí…

He quitado las cuatro cajitas del puesto y he colocado un cartel con un letrero nuevo:

CAMBIO DE ACTIVIDAD. NO SE ADMITEN LIMOSNAS. RETRATOS Y CARICATURAS DESDE 5 A 20 EUROS.

Me he comprado una silla, ahora me afeito todos los días y me he cortado el pelo. Hace un par de semanas, Leticia me invitó a comer a su casa. Estuvimos los tres: Josele, ella y yo.

EL ABEJORRO

Julio H. Fuentetaja

El abejorro, inquieto, revolotea alrededor de las plantas de menta que mi padre ha sembrado junto al huerto. Saciado del aroma, se traslada a las flores de las tomateras. Al principio se posa con cautela, pero enseguida se dedica a agitarlas. Consigue hacerlas vibrar como la mano de un enfermo de Parkinson. El polen de las flores se esparce por todas partes. Algunos gránulos caen en sus propios estigmas, propiciando la vida de nuevos tomates. El moscardón, finalmente, intenta subir a los cielos como un dron caprichoso, pero una fuerza desconocida se lo impide.

Mi padre contempla la escena, extasiado. Babea sin pudor, pero se siente alicaído. Este será el primer año en que no pueda capar tomates, sulfatar la parra ni recoger los frutos. Hoy no está sentado en el sillón de paja con su almohada; descansa en una silla de ruedas.

El corral de mi padre es bastante grande. Además del huerto, cuenta con una zona de árboles frutales, otra de césped y una parra de uvas blancas. Bajo sus pies, un pavimento de baldosas rojas oscuras y arrugadas. No ha salido del pueblo nada más que para asistir a la boda de mi hermana en Madrid y para tratar su hernia y próstata en Segovia. La decisión de sembrar menta y albahaca junto al huerto no le convencía del todo, pero decidió probarlo. Un chico del pueblo, estudiante de ingeniería técnica agrícola, le explicó que estas plantas evitan el acecho del pulgón y atraen insectos para la polinización. Mi padre le respondió que llevaba toda la vida sembrando tomates y siempre tenía cosecha, sin necesidad de plantas becarias. Lo único que alguna vez le chafó la producción fue una granizada inoportuna.

Cuando sus piernas dejaron de responder, rompió a llorar. Las lágrimas fluían por sus mejillas como lava ardiente. No quería admitirlo y, sobre todo, no soportaba depender de otros. Con el paso de los días se fue adaptando a su nueva realidad, pero la tristeza en el rostro ya no lo abandonó. Siempre había sido un hombre animoso, positivo y nunca veía las cosas de color negro.

Los primeros seis meses después de quedarse imposibilitado, mi madre se encargó de él, lo vestía, lo aseaba y le preparaba la comida. A pesar de su situación, el apetito nunca menguó, y no le importaba que mi madre le sirviera los mismos platos de siempre: patatas con costillas o cocido a mediodía, con morcilla, tocino y bola, o sopas de ajo por la noche. Algunos platos, como el cocido, los identificaba al llegar a casa por el olor a repollo.

Al acercarse a la cocina, oía el golpeteo de la tapa de la cazuela con los garbanzos intentando escapar.

Un día, de repente, a mi madre le falló el corazón. Muchas tensiones, mucho sufrimiento, y nos dijo adiós. Para mi padre supuso el descabello. Para sus hijos, por un lado, pena; por otro, la puñeta.

Mi hermana vivía en Manchester con su marido y sus dos hijos y allí estableció su vida profesional. Venían una vez al año al pueblo para la función local, pasaban una semana y luego se marchaban de vacaciones a Benidorm. Yo, en cambio, residía en Asturias con mi mujer y veía a mis padres una vez al mes.

Tras la muerte de mi madre, decidimos contratar a una húngara para cuidar a mi padre. Ella necesitaba dinero, ya que su contrato en una empresa conservera había terminado, y no tenía más opciones de trabajo. Al principio mostró interés, pero pronto se cansó. Un día nos dijo:

—Me voy de esta casa. No aguanto más el olor a viejo.

Intentamos convencerla pagándole más dinero, pero fue inútil. Consultamos a los vecinos del pueblo por si conocían a alguien, pero nos dijeron que la gente prefería trabajar en fábricas o en tareas agrícolas. Las Mochas, nuestro pequeño pueblo de menos de cien habitantes, tenía pocas oportunidades laborales. Sin embargo, a diez kilómetros de distancia, otro pueblo cabeza de partido contaba con un par de fábricas y varias bodegas. El auge del vino es asombroso. Cada vez da de comer y de beber a más gente.

Mi hermana sugirió que lleváramos a nuestro padre a una residencia, pero yo me resistí. Detesto las residencias. Me deprime contemplar a los viejos con la mirada perdida hacia el suelo, el infinito o la televisión, con cara compungida y triste, como si fuera un mueble más de la sala.

Al final, decidí solicitar un mes de permiso sin sueldo en mi trabajo para cuidar a mi padre, hasta encontrar a alguien que pudiera asistirlo. En un par de días finaliza el permiso y las cosas siguen igual. He experimentado momentos de alegría junto a mi padre, pero también he sufrido. El Parkinson le impide hablar con claridad, y apenas logro comprender lo que dice. Se inquieta al no poder expresarse y, al final, opta por el silencio. Antes, yo le contaba cosas, pero ahora me agota mantener una conversación.

Gracias a una nueva medicina, hay momentos del día en los que puede levantarse de la silla de ruedas, y con ayuda de un andador desplazarse lentamente de un lugar a otro. Sin embargo, se niega a usar pañales. Esa sería la última opción. En ocasiones, sufre de estreñimiento, y después de tres días sin evacuar, se pone nervioso y trata de forzar, pero nada; utiliza los dedos como ganchos y solo logra pequeñas cagarrutas como trofeo. Finalmente, los fármacos logran superar la situación, pero luego se enfrenta a otra fase posterior de diarrea. A veces le da un apretón, intenta llegar al váter, pero se caga por la pata abajo. La operación de puesta a punto es laboriosa y el olor es tan intenso que satura los sentidos.

Estamos en junio y la parra ya se extiende para dar la sombra de todos los veranos. Ahí, mi padre mata el tiempo, buscando frescor y refugio. Su ilusión fue siempre tener un majuelo y cosechar uvas para obtener unas cántaras de vino, pero no pudo ser. Tuvo que conformarse con una parra de uvas blancas que le permitía compartir unos racimos con la gente del pueblo o para unos zumos preparados por mi madre. Aunque eso estaba bien, él prefería el vino blanco servido en la cantina del pueblo, con su inconfundible aroma a azahar.

Luces y sombras, blancos y negros, olores agradables y repulsivos, salud y enfermedad.

Hoy mi padre se ha fijado especialmente en el color del abejorro: es negro. Él sabe que se le relaciona con la mala suerte. Prefiere el rojo, como siempre se ha dicho en Las Mochas: "Abejorro rojo, buenas noticias traigas y si no las traes, al suelo te caigas". Mi padre se da cuenta de que en su vida todo se va oscureciendo un poco más cada día.

VIENTRE DE GATO

Mario Requejo

La tía Encarna se juró por segunda vez que jamás volvería a echar las cartas, mucho tiempo después de adivinar, por error, un cáncer de garganta que cambiaría para siempre la vida de mi padre.

La noche de su última promesa celebramos una fiesta en honor a la buena noticia: que mi hermana, después de tantos intentos fallidos y una infinita lista de informes médicos desfavorables, por fin se había quedado preñada. La velada logró congregar a casi todo el árbol familiar y a un puñado de amigos íntimos, y finalizaría pasada la medianoche, cuando un primo francés, delgadísimo y excesivamente callado al que casi nadie reconocimos, se despedía de nosotros como lo hacen las personas a las que, con casi absoluta certeza, sabes que no volverás a ver nunca.

La fiesta fue un disparate absoluto, repleta de juegos a cada cual más patético y exasperante. Banderines cutres adornaban sin criterio la sala de estar y el confeti brillante resplandecía a través del aire como polvo de hadas contaminado. Hubo matasuegras, purpurinas y canapés rancios de paté de cerdo que no rozaron, ni por asomo, el éxito de las botellas de borgoña que trajo aquel primo lejano.

Pero en esa tarde, a pesar del ambiente y de la tentación, mi hermana no probó ni gota de alcohol. Era evidente: por mucho historial que arrastrara tras de sí no se arriesgaría a perder el feto enraizado a su tripa infértil. Me pareció notable la manera en que rechazaba tantas y tantas copas de vino, pese a su manía de mordisquearse las uñas hasta las cutículas y el tamborileo ansioso de sus tacones contra el parqué.

A lo largo de su tormentosa adolescencia mi hermana terminó transformándose en una joven con serios problemas de autoestima, una profunda dependencia por el alcohol y un intenso enganche a las pastillas. Bebía sin pudor ni cuidado, nada más despertarse, e ingería de forma incontrolada cualquier tipo de medicamento, como si fueran golosinas. No parecía demasiado preocupante al principio, cuando llegaba de madrugada y sutilmente borracha; sus pisadas descalzas me despertaban en la noche, y yo fingía dormir cuando su respiración fatigada acariciaba mi oído, una brisa tibia que apestaba a saliva estancada. Por las mañanas, con el maquillaje corrido por el roce de la almohada, discutía a voz en grito con mis padres, unas peleas agotadoras que podían durar horas. Comenzó a armar bronca por cualquier cosa y preparaba jaleos injustificados en cuanto tenía ocasión. Aunque lo peor, sin duda alguna, fue su peculiar inclinación a generar situaciones comprometidas. Llegó a amenazar a nuestro padre con contarle a mamá sus deslices infieles, reclamando un dinero que no teníamos para sus salidas nocturnas. Con el tiempo, su cuerpo frágil y esquelético terminó deambulando perdido por el barrio, casi flotando, como un náufrago a la deriva que se niega a pedir auxilio. Mis padres consiguieron convencerla al final, tras encontrarla inconsciente y casi muerta en el cobijo que construyó con hojalatas tras el descampado. Se apuntó a un programa de desintoxicación impartido por una organización sudamericana, y después de varias y peligrosas recaídas, logró escapar de aquel pozo de frenética autodestrucción. Tal vez por eso, me confesó una vez entre sollozos, acurrucada junto a mí en la cama, le costaba fermentar vida en las profundidades de su vientre. Sus pies helados rozaban mis espinillas bajo las sábanas y yo notaba un escalofrío eléctrico, una sensación que oscilaba entre la excitación y la angustia.

Años antes de adivinar la enfermedad que reduciría la voz de mi padre a un eco ronco sin remedio, la tía Encarna comenzó a seguir un ritual que implicaba muchas más variables aparte de a ella misma. Rogaba información clandestina sobre el resto de nosotros a los astros. Pero su curiosidad y preocupación fueron siempre más allá: matrimonios de celebridades en crisis, noticias periodísticas, economía, desastres naturales. Incluso pedía por su gato, un siamés esquivo al que un rottweiler arrancó de cuajo una pata.

Yo imaginaba al animal preso en las mandíbulas de aquel mastodonte, los colmillos hundidos en la carne tierna de su piernecita, una ofrenda macabra que descubrió la vecina entre los cojines ensangrentados de su cama. Ni que decir tiene que mi tía, con esa práctica, sólo reclamaba protección, porque según su juego (así lo llamaba yo al principio) las cartas nunca revelaban penalidades ni malos augurios.

Encarna fue siempre un ser humano repleto de luz, cargado de buenas intenciones; su actitud optimista contagiaba la baraja de una energía escandalosamente positiva.

Pero aquella noche, después de quedarnos a solas, mi hermanita la puso en un compromiso bochornoso, porque a pesar de su mejoría, ella nunca necesitó alcohol para comportarse como una niñata caprichosa.

—No, eso no me lo pidas, te lo digo por favor.

Yo presenciaba la escena tumbado en el sofá, embutido en una burbuja de alcohol y mareado por el humo acumulado de decenas de cigarros.

—Necesito saberlo —proclamaba una y otra vez ella, con acaparadora y febril insistencia—. No sé quién es, no tengo ni idea de quién puede ser.

Un movimiento brusco motivó la caída de una copa, que se hizo añicos contra el suelo. Los cachitos de vidrio saltaron en mil pedazos y observé el vino rojo derramado, empapando despacio la alfombra, una infección lenta e implacable que comenzaba a extenderse desde una esquina.

—Qué más necesitas, ya tienes lo que buscabas.

—¿Y si estaba enfermo y no viene bien? ¿Y si algo me pasa al tenerlo?

Durante una temporada mi hermana decidió acostarse con varios hombres con la intención de aumentar las probabilidades de éxito, un sinsentido clínico para cualquiera que tuviera dos dedos de frente. Al mismo tiempo estaba plenamente convencida de que la responsabilidad de cuidar de un hijo le permitiría reunir el coraje necesario para hacerse cargo de sí misma, una fantasía ególatra en la que ella seguía asumiendo el cruel papel protagonista. Traer vida al mundo bajo esas condiciones me parecía perverso, repulsivo. No terminaba de comprender aquella preocupación, ese miedo repentino por conocer la salud del bebé y la identidad del papá de la criatura. La tía Encarna apretaba sus párpados llorosos, temblando bajo el chorro de luz de la lámpara, como un perro que busca resguardo bajo la lluvia.

—Eso haberlo pensado antes, no me hagas esto ahora.

—¿En serio dejarás que me ocurra algo malo? —preguntó ella con fingida obstinación, sosteniendo su mano arrugada.

La insistencia tuvo su premio porque al fin y al cabo todos lo sabíamos: mi tía, la encantadora tía Encarna, la que siempre se preocupaba por su familia, sentía debilidad por ayudar a todo el mundo, pese a que hacerlo supusiera romper su juramento.

—No me pidas nada más nunca —sentenció con una voz áspera que me costó identificar como suya. Se deshizo con dificultad de la silla, estrujándose las lumbares, y rebuscó dentro de un cajón viejo de madera. Me fijé en sus dedos retorcidos, las patas de una araña moribunda. Logró encontrar las cartas, envueltas bajo un paño negro de terciopelo, y las dispuso en abanico sobre la mesa. Mi hermana tensó los músculos de sus carrillos y enfocó la mirada sobre la baraja, unos ojos negros de típula que yo siempre asociaba con las desgracias.

—Tienes que ser tú —dijo mi tía, reuniendo de nuevo las cartas en un mazo que ofreció a mi hermana—. Tienes que mezclarlas tú.

Barajó sin brío ni precisión, fatalmente nerviosa. Mi tía alzó las palmas de las manos.

—A mí no me las des —exigió—. Déjalas en la mesa.

Apoyó la uña de su dedo flaco y puntiagudo sobre el mantel y yo pensé en una bailarina de ballet anoréxica. Le ordenó repartir las cartas en cruz, unas ilustraciones que para mí no significaban nada más que eso: una supina estupidez sin fundamento. Mi tía entornó los ojos, ensimismada en un proceso que yo consideraba ridículo, vergonzosamente ajeno. Y al cabo de un momento de trance grotesco enmudeció, quedó callada y quieta, anormalmente quieta. Mi hermana preguntó:

—¿Qué ves?

Recuerdo el tono de su voz, y también los sonidos, los ruidos: el zumbido del frigorífico estropeado en la cocina, el tráfico nocturno de la ciudad, despierta a pesar de las horas, y el ronroneo de su gato mutilado, cansado de nuestra presencia. La habitación se hundió en una quietud húmeda, un silencio que se adhirió a mi piel como el calor acumulado de un enfermo con fiebre.

—Nada —afirmó mi tía sin más, una respuesta que yo noté mecánica. Me erguí en el respaldo y tanteé sus ojos, más oscurecidos de lo habitual. Puede que fuera el brillo, o tal vez la falta de luz.

—¿Nada? —repitió mi hermana, rígida y con la mirada desquiciada.

Encarna tragó saliva. Se apeó de su silla, que crujió al librarse de su peso, y arrastró sus pies con lentitud hacia el pasillo. Supuse que sucedía algo, que le ocurría algo, porque parecía pálida, desubicada. La vimos agarrar el abrigo, un plumífero ostentoso que mamá le regaló por su Santo. Le quedaba monstruosamente grande, una prenda gigante para un saquito de huesos. Torció el pomo despacio y salió por la puerta de la calle, sin mediar palabra. Mi hermana seguía en su silla, pensativa, creo que bloqueada, pero yo me incorporé rápido, alarmado por aquella reacción misteriosa. En todo momento irradiaba entereza, refulgía vitalidad, la tía Encarna. ¿Comenzaba a estar senil y no lo sabíamos? Mencioné su nombre un par de veces, lo chillé incluso. La luz del descansillo funciona con sensor, se activa con los cuerpos en movimiento. Pasó apenas un instante, tan sólo un ratito hasta que saqué la cabeza al rellano. Aquel espacio seguía oscuro, una negrura helada atravesada por el resplandor que vomitaba el interior del piso. Detecté el brillo verde del aparato y sacudí el brazo, saludé al techo. Pero nada. Permanecí inmóvil, paralizado en esa estancia atiborrada de oscuridad y frío.

Fue entonces cuando escuché los pasos.

Un eco sordo que llegaba de las escaleras, muy despacio, desde abajo. Pero las pisadas no bajaban: subían, se acercaban poco a poco a nuestra planta. Sentí humedad fría en las manos, yo nunca sudaba por las manos. Tía, pregunté, qué haces, tía. Sólo silencio entre jirones oscuros. Me asusté cuando mi hermana se asomó al umbral de la puerta. Apoyó su mano caliente en mi hombro y mi tripa reaccionó mal, sentí un principio de náuseas.

—¿A dónde se ha ido?

—¿Quién? —recuerdo preguntar, con el pulso a punto de estallar.

—¿Pero cómo que quién?

—No lo sé. No tengo ni idea.

Por supuesto, no logramos encontrarla. No aquella noche, al menos. Pasaron días, tres exactamente hasta que conocimos su paradero. La policía nos alertó, una voz estática y fúnebre que reverberó al descolgar el teléfono. Mi madre lloró agria y desconsoladamente tras aquella mala nueva: el cuerpo ahogado a orillas del río, encallado junto a una barquita de madera. Fueron los pescadores los que avisaron. Mamá acudió esa tarde a la comisaría del distrito, y aunque no pidió información, se lo explicaron de todos modos. Se partió el cráneo, dijeron, contra un arrecife de rocas. Su torso sin vida navegó sin rumbo durante aquel tiempo, a ras del agua marrón. Yo imaginaba a los barbos y a las truchas bailando junto a mi tía desnucada, pellizcando con sus dientecillos la carne podrida de sus pies. En el sótano del hospital mi madre reconoció su cadáver, y me resultó espantosa la manera en que lo describió, mientras cenábamos: la garganta inflada y las venitas azules alrededor de los ojos, como las raíces de una orquídea mustia. Gritó y pidió a Dios en la tarde del entierro, durante toda la misa, su pañuelo blanquísimo y el rosario bien sujeto a sus manos. Siguió llorando de camino al cementerio, dentro del coche largo, junto al chófer de muertos, y luego arrodillada frente al ataúd negro. La caja descendió sobre las cuerdas de nylon, por el agujero de su tumba, la sepultaron tras varias paladas de tierra. El cielo se oscureció al instante y los relámpagos centellearon entre las nubes, unos nubarrones grises que descargaron un chaparrón intenso y fugaz. La gente tropezaba por los caminos embarrados, se desplomaba sobre los charcos de agua sucia. Me resultó chocante la escena, pero también preciosa, una pista de patinaje en el lugar más triste del mundo. El cura resguardó su cabeza pelada bajo un paraguas, se alejó por la colina verdosa y resbaladiza y esperó sobre su cima, quieto, impasible bajo aquel diluvio. Mi familia le ofreció el pésame a mamá pero ella no dejó de llorar en ningún instante, lloraba y lloraba, se secaba de tanto escupir lágrimas.

Recuerdo que al principio nos lo recriminaron, haberla dejado a solas, no correr antes en su busca, avisar a destiempo a emergencias. Hasta yo mismo nos culpé al saberlo. Me obligué a pensar que fue un accidente, un resbalón tonto, una caída fatal sin más motivo que un brote inoportuno de demencia. Pero mi mente comenzó a masticar aquella idea: que ella, mi encantadora tía Encarna, la que siempre se preocupaba por su familia, prefirió quitarse la vida a responder sabe Dios qué a mi hermanita. Ella también lo sabía: ese ansia por conquistar una parcela que no todos lográbamos ver y que, por supuesto, no nos pertenecía. Me pregunté cómo de horrible tuvo que ser el veredicto, cómo de nocivo para acogerse al suicidio.

Un notario corpulento y de extremidades cortas reunió al núcleo familiar en su despacho. Nos informó del contenido del testamento, arrojando perdigones de saliva sobre los folios al hablar, y yo sentí una gotita de baba en mi labio. Me la limpié con disimulo, como si su dicción errática fuera algo excusable, una calamidad con la que se nace y no tiene solución ni tampoco arreglo. Me resultó despreciable, él y mi reacción pusilánime, siempre pendiente de cómo se sentían las personas a mi alrededor. Anunció que el piso quedaba a nombre de mi madre, al mío y también al de mi hermana. Renuncié de inmediato. Cierto: idolatraba a mi tía, a mi encantadora tía Encarna, la que siempre se preocupó por mí y por su familia, pero detestaba el techo bajo el que vivía, su barrio periférico y peligroso, su edificio grafiteado y sus vecinos incómodos. Aborrecía hasta el tuétano cada uno de sus juguetes y adornos: muñecas de cerámica, maquetas de tiovivos, títeres y marionetas, figuritas de payasos condenados a sonreír para siempre bajo la oscuridad eterna de aquellos cuartos. Pero sobre todo odiaba a su gato: su muñón, su cojera lamentable, el olor a felino impregnado a los muebles. Lo pensamos, pero fue fácil el reparto. La vivienda no se puso en venta, ni tampoco valoramos alquilarla. Con mi figura en fuera de juego, mamá decidió que podría ser un lugar cómodo, el hogar en el que mi hermana padecería sin altibajos su embarazo. Mi madre seguía embrujada de dolor y pena, me rogó que echara un vistazo a la casa. No me hacía gracia encontrarme con los restos íntimos de mi tía, pero de todos modos, accedí a regañadientes.

Me sacudió una bofetada de tristeza al pisar el rellano, eso y el repugnante aroma a gato. El vecino guardaba un juego de llaves, se encargó de alimentar al animal, un exmilitar con los ojos infestados de cataratas. Se distinguían sus CDs espantapalomas deslumbrar desde la calle, colgados con cordones de los hierros de su balcón. Nunca lo entendía cuando conversábamos, porque murmuraba, se tragaba las palabras antes de que salieran de sus pulmones. Yo suponía que le producían alergia las personas: se rascaba incesantemente las úlceras de los codos cuando lo sorprendíamos en el portal, unas llagas ardientes trufadas de brotes blancos. Pero el hombre tenía amistad con mi tía, con mi encantadora tía Encarna, y eso era definitivo, todo lo que necesitábamos.

Introduje la llave en el hueco de la cerradura y empujé. Sentí toses en la vivienda del anciano asocial e intuí que me espiaba desde la mirilla. Estaba chiflado ese viejo ciegomudo. El sol del mediodía me golpeó la cara al entrar, el silencio aplastante me hizo polvo: el vacío incontestable que arrastraba el recuerdo de mi tía parecía irreparable, un quiste benigno del que creía que no podría desprenderme nunca. Todo permanecía igual: la cocina desordenada, el suelo minado de cabezas de gambas, los artículos de fiesta desperdigados por las estanterías. La pila mugrienta despedía una ráfaga apestosa, a vinagre y a huevo podrido, pero el aroma a meado de gato seguía pegado a las paredes. Me detuve frente al salón y sentí ganas de vomitar, no por el olor. Allí, encima de la mesa, se encontraban las cartas, repartidas en forma de cruz sobre el mantel negro, la tirada inconclusa de mi hermana. Noté un pinchazo en el corazón, la sensación de descubrir la presencia de un insecto que se agazapa junto a ti en la cama, bajo las sábanas. No entendía nada: El Loco, La Emperatriz, el as de espadas, Los Enamorados. Reuní las cartas y las guardé en su funda. Sentí un espasmo cuando sostuve la baraja en la mano, una vibración inaudible, un tembleque seco que me trepó la espalda y se instaló en el interior de la nuca, bajo mi cráneo. Puede que fuera simple curiosidad, tal vez la sencilla necesidad de poseer su objeto más preciado, un consuelo para los malos momentos.

No sé por qué, pero me las guardé en el bolsillo.

Había golpes en la habitación de al lado, en la casa del perro descuartizador, que ladró primero y aulló después, tras el gotelé. Percibí los gemidos de su dueña, creo, unos quejidos que no parecían de dolor. Siempre escuché sonidos extraños en aquella casa: aún recuerdo la mañana neblinosa del hallazgo macabro, el muslo desgarrado de la mascota de mi tía, su llanto desconsolado, los gritos paranoicos que se mezclaban con su risa. Ventilé la sala de estar y organicé la cocina, fregué la vajilla y barrí sin ganas el suelo. Al rato, a punto de marcharme, distinguí un maullido tímido, delicado, al final del pasillo. Reconocí la silueta del felino cojo, avanzando torpe por el parqué. Nos despreciábamos mutuamente, siempre lo hicimos, la verdad, pero se acercó a olisquearme, frotó su lomo contra el bajo de mi pernera, tensó la cola y ronroneó con suavidad antes de enfilar su mirada verde hacia mi cara, el gato tullido de ojos bonitos. Me acuclillé y examiné su cicatriz mal curada, el bulto rosáceo e imberbe donde antes había pata. Parecía el párpado inflamado de un boxeador. Lo dejé allí bufando, y me largué, notando el bamboleo de la baraja tras las costuras de mi bolsillo, al descender por las escaleras.

Lo recuerdo con exactitud quirúrgica, que la larga lista de pesadillas comenzaron por la noche. Le eché la culpa a papá, al principio, que era un vicioso del terror y eligió Holocausto Caníbal tras los espaguetis con tomate. Mi madre fregaba en la cocina, llegaba el traqueteo de los cacharros hasta el salón, y mi hermanita se atrincheró otra vez en su cuarto: a veces yo la escuchaba leer cuentos, para entretener al feto, me decía, una práctica demencial que a ella le servía de morfina, le hacía sentirse una premamá atenta y afectuosa. Se me revolvió el estómago con aquella matanza de mártires, los reporteros masacrados, la mujer empalada como un espeto a esa vara puntiaguda, de punta a punta. Contemplé la sonrisa cómplice de mi padre frente a la tele, sus pómulos teñidos de rojo por el fiel reflejo de la sangre. Me acuesto ya, le grité por encima de los chillidos guturales de los cazadores caníbales, y él alzó su palma enorme para despedirme, una zarpa robusta de callos anaranjados, sin apartar la vista de la pantalla. No esperé que dijese nada, porque nunca decía nada, no podía con su garganta cancerosa. Me deslicé bajo el edredón, ligeramente excitado: aquellas películas me limaban los nervios, tensaban mis fibras musculares, pero percibí el rumor de la voz cálida de mi hermana, al otro lado de la pared, y cerré los ojos, me dejé atrapar por el sueño.

El cánido atlético encaramado a la cintura de la mujer de edad avanzada,

el vaivén constante contra sus caderas, los genitales que cuelgan y se balancean y chocan contra la esquina inferior de la entrepierna,

el chapoteo cárnico del sexo selvático y la extremidad cercenada sobre las sábanas sanguinolentas, junto a su cabeza canosa,

el anciano sin cuerdas vocales que presencia aquella cópula, a los pies del somier,

el bombeo constante de su sangre bajo las venas gruesas del pescuezo, la mano pálida que sostiene firme su miembro erecto y lo agita rápida y regular e intensamente,

el gimoteo ahogado y los rayos de sol que penetran los cristales sucios, una luz resplandeciente que los envuelve como a un capullo de seda y los captura, para siempre, en esa estática oscura, el cuello del hombre sin palabras que se retuerce y gira sobre su eje óseo, el timbre de su voz asfixiada que poco a poco, muy lentamente, se desvanece y deshace en el dulce y risueño tono con el que siempre nos deleitaba ella,

mi encantadora tía Encarna,

la que siempre se preocupaba por su familia,

que me pregunta si lo veo, que qué veo, lo hace desde un rincón sombrío al que ni aquella luz consigue acceder,

donde no cabe ningún brillo.

Sucedían cada noche, unas pesadillas obscenas que me atravesaban las vísceras, que me ponían los nervios de punta. Le cogí fobia a las noches, un pánico terrible a dormir, un miedo pringoso que no podía limpiarme porque procedía de mis profundidades. Cada noche, bajo las tinieblas que se acumulaban en mi habitación, mis ojos se cerraban y el sueño llegaba inevitablemente: yo presenciaba ante mí su rostro podrido, una cara putrefacta invadida de larvas que susurraba desde la lejanía onírica, sus labios grisáceos, los pozos de sus cuencas vacías y negras, la piel verdosa de sus carrillos desprendiéndose a pedazos.

¿Qué ves?

¿Qué ves?

¿Qué ves?

Por fin, aquella noche, decidí sacar la baraja de la tía, de mi encantadora y muerta tía Encarna, y extender el abanico de cartas sobre la moqueta. Recuerdo el silbar del viento en las ranuras de madera, el repiqueteo de la lluvia contra el cristal de mi ventana. Fue una búsqueda rápida en la web, información básica y basta, páginas y más páginas. Comencé a rebuscar el significado, la naturaleza intrínseca de cada una de esas ilustraciones.

Descubrí que el tarot es pura interpretación: tan sólo un puñado de reglas te asoman al vacío que se abre tras la lectura. Pero lo tenía impreso en la retina, la cruz celta que dibujó mi hermana bajo la atenta y profunda mirada de la tía. Así que la construí de nuevo, de forma exacta.

Me acuerdo del retumbar de los truenos, que estallaron como bombas a lo lejos, y del súbito hedor que comenzó a flotar por el cuarto, el aroma íntimo y picantón del asqueroso gato de mi tía, la encantadora y gangrenada tía Encarna, sudando de las paredes y de los muebles, de mi propia carne, ahogándome.

Recuerdo los gritos de mi hermanita, unos alaridos insoportables que nos despertaron en la noche, a mi padre mudo y a mi madre triste, que descubrieron junto a mí aquella escena, impresionados por el tamaño del bulto de su tripa, esa cosa que se contorsionaba vilmente en su interior, dilatando la piel tersa de su barriga, resbalando por el suelo primero y manchando la alfombra después, desde la esquina, aquella cosa roja y humeante que mi madre sujetó en brazos, libre de toda pena, y mi hermana preguntándolo una vez tras otra, con febril y demencial insistencia.

—¿Qué veis?

Y mi padre, condenado a estar callado
eternamente habló por fin, tanto tiempo en silencio,
respondiendo con aquella voz, la ya no tan dulce voz
de mi tía,
    de nuestra encantadora tía Encarna,
    la que siempre estará con su familia.

CASETES EN LAS BRAGAS

Marta Posadas Montes

Recuerdo el espumillón rojo brillante. Decora la planta 11, ala oeste, y me quedo mirándolo hipnotizada desde aquí, desde este momento. Está por todas partes. Enroscado en la barandilla del pasillo, rodeando el pie de los quioscos (como llama ella a los portagoteros), enmarcando el mostrador de recepción. La sensación de navidad me calma, aún no sé por qué, pero me gusta.

—Desde hoy serás mi Baltasar. Qué pena que seas tan blanquita, el negro es mi Rey Mago favorito. Sabes que eres la única que me quiere, ¿verdad?

Me descolocan sus afirmaciones.

Ingresó hace dos meses. Comparte habitación con Elena, bipolar que cursa con psicosis tóxica. En realidad, no se sabe muy bien si sus adicciones la han llevado a la bipolaridad o si su diagnóstico la ha convertido en una yonqui. En cualquier caso, no se considera en absoluto enferma y maneja la persuasión de un modo que asusta.

Ella está aprendiendo mucho de Elena. De hecho, aquí estoy yo, cumpliendo mi tarea, obediente.

—Cuánto te quiero hermanita, ¿ves?, gracias a ti os han dejado venir. Pronto conseguiré que estos imbéciles me dejen en paz.

La miro y no entiendo por qué nos han dado permiso esta vez. Puede que sea porque es el día de Reyes. Desde luego no es porque haya mejorado. Los imbéciles dejaron bien claro que hasta que no ganase al menos dos kilos no podría recibir visitas y yo no soy capaz de distinguir ni un gramo más en ninguna parte de su anatomía. Ni siquiera le crecen las uñas. Ni el pelo. Tiene la misma media melena que el día que llegó. Pesaba 33 kilos.

—Es la música, me anima y hace que coma. ¿Ves?

Se señala un hueco enorme donde debería haber una barriga. Su dedo índice es como una rama endeble e imagino que se parte al posarse en él un estornino. No sangra. No puede tener sangre, si tuviera sería de otro color y yo la veo transparente.

Oigo a Lola, de la 1109, hablando por el pasillo. Discute con su madre. Ella me dice que lo hace siempre. Le reprocha haberse muerto cuando era niña y le dice que no se haga ahora la maja, que no le lleve regalos de navidad que allí no los quiere para nada. Que se vaya a la mierda. Le gusta dejar de tomar la medicación de vez en cuando para que la ingresen, sobre todo en invierno. No tiene calefacción en casa y está harta de discutir con la vecina del segundo, que dice que le roba las bragas del tendedero.

—Es una pesada, yo tampoco tengo madre y no monto esos pollos.

Yo le recuerdo que sí que tiene, que está fuera hablando con uno de los imbéciles y que le ha traído unos libros de Reyes. Momo y El Diario de Ana Frank. Prefiero no recordarle que sí que monta pollos, y mucho peores que los de Lola.

—Que sí cariño, que sí. Que es muy buena y muy cariñosa, pero no es mi madre, es la tuya.

Al menos desde que está ingresada ha decidido que mamá es maja y cariñosa. Cuando está fuera la odia, y me llama medio hermana y no hermanita. Me dice que yo no debería haber nacido y que mamá tiene la culpa de todo. Yo la entiendo, ha tenido que sufrir mucho, pero me cuesta mucho perdonarle que nos eche la culpa a mamá y a mí de quedarse huérfana en el mismo paritorio. Después, papá hizo lo que pudo. Yo me enfado con ella y después me siento fatal y hago todo lo que me pide. Sea lo que sea.

—La que más me gustó de las que me mandaste fue la de Loquillo. Mira, las tengo todas aquí guardadas.

Me enseña una caja de cartón con dibujos de Snoopy. Está llena de cintas. Hay por lo menos cuarenta. Se las he ido enviando por correo desde que vino. Casi una al día. Las grababa por la noche, me quedaba escuchando los 40 hasta que salía alguna de las que le gustan y apretaba el rec. Después escribía lo mejor que podía el nombre en la carátula y se las llevaba a correos al día siguiente, a mediodía, al salir del colegio. Llegaba siempre por los pelos.

Algunas se me ocurrían a mí pero otras me las pedía ella cuando hablábamos por teléfono, los sábados por la tarde después de la película.

—¿Sabes por qué me gusta tanto? Es por Ramona, se vuelve loca cuando la pongo a todo volumen. Dice que ese tío era un novio suyo al que dejó porque no lo aguantaba y que ahora viene a matarla, que se lo juró cuando se piró, que la iba a encontrar y que la quería ver bailar entre los muertos. Yo me parto.

Sus afirmaciones, a veces, también me dan miedo.

—Déjame eso que me has traído en el baño. Primero entras tú como si te hicieses pis, y después voy yo y lo cojo.

Obedezco, casi sonámbula me encierro en el baño. Me tiemblan un poco las piernas. Saco la bolsita de gominolas que llevo escondida en los leotardos, sujeta con la goma de la cinturilla, y la dejo detrás de la escobilla. Me da un poco de asco, así que me lavo las manos y salgo. Siento la paz de haberme desprendido de mi alijo, al fin. Entra ella. Sé que los imbéciles no le dejan comer porquerías, pero digo yo que mejor eso que nada, ¿no? Algo engordará si se zampa esa bolsa de fresones, gusanos, moras y dedos de plástico. Sale del baño resplandeciente, casi como cuando Elena consigue meterse un pico que sabe dios de dónde habrá sacado. Me da un sonoro beso en la mejilla.

—Te quiero hermanita—. Otra vez. Respiro aliviada por un rato.

Mamá entra en la habitación y le dice que vaya al cuarto de las enfermeras, que tiene que pesarse.

Todavía con su resplandeciente sonrisa contesta que ya va. Abre la caja de casetes y coge varios, se los mete en las bragas, debajo del camisón. Sale al pasillo mirándome de reojo. Me sonríe, mientras apoya su dedo índice en la boca pidiéndome silencio.

BRUMA

Marta Posadas Montes

Sigue enfadada conmigo. Dice que no entiende qué interés puede tener su triste historia. Dice que no es más que la de otra de esas vidas que luchan por avanzar amarradas a la culpa pegajosa. Como todas.

Se ve expuesta y a ella lo que le gusta es esconderse, en la niebla a poder ser. Nunca terminé de entender su fascinación por esa espesura blanca y húmeda. Pero es recurrente y aparece cada vez que escribo una historia sobre ella. Es mi personaje favorito pero suele rebelárseme a menudo. Quizá por eso lo es.

Protesta cuando la historia acaba bien (eso pasa pocas veces), protesta cuando el final es abierto, se queja de que siempre la tengo sumida en dudas y lamentaciones y dice que la he convertido en un ser patético. Se da pena a sí misma, aunque a veces creo detectar algo de pose en ella, un destello que me indica que en el fondo se siente interesante.

Pero reniega de este juego de la escritura y más aún de la pantomima de los concursos. Yo le digo que no sea tan descreída, que no todo estará corrompido, como asegura. Quizá sí los grandes, los que manejan cantidades absurdas de dinero, pero aún ha de quedar algo de decencia en los pequeños y algo de amor por la literatura en algunos certámenes menos propicios al postureo. Y que no encuentro otra forma que no sea esta para seguir pretendiendo ser escritora, porque nadie me conoce y nadie me publica, y que algo de esperanza me queda también para dilapidar en estos intentos vanos de ser profesional de las letras.

En esta ocasión ha sido el tema que propone la convocatoria lo que me ha convencido, le digo. No por lo interesante que es en sí mismo, la culpa y todas sus aristas, sino por el puro morbo de descubrir qué parte de realidad personal hay en las historias de los demás participantes. Cuántos asesinatos deseados y no perpetrados se presentarán, cuántas madres dolientes usarán el certamen para expiar sus sentimientos de culpa, cuántos hijos avergonzados por haber dejado morir a sus padres en una residencia alejada de sus vidas airearán sus malas conciencias y cuánto, por fin, habrá de originalidad en un tema que es infinito pero que cualquier fantoche con ínfulas de literato será capaz de reducir a tres o cuatro clichés manidos.

Qué bien te resumes, me dice. Y sé que tiene razón. Lo admito, y añado que a lo mejor me presento porque no puedo dejar de hacerlo. Porque, aunque ella proteste y se rebele, este concurso es su espacio natural, el lugar perfecto para desplegar a mi siempre agónica protagonista.

Pero mírala, ya está otra vez revolviéndose, y parece dispuesta a saltar de las líneas escritas a mi realidad para seguir recriminándome que vaya a exhibir su intimidad para regodeo de un jurado que bien podría estar formado por uno o dos mamarrachos. Puede que por ninguno: una IA mamarracha, tal vez. Y para azuzar a una panda de frustrados y envidiadores profesionales, entre los que me incluyo y de los que me pongo a la cabeza.

Tranquila, trato de sosegarla, tienes razón, pero ten paciencia. En el fondo creo que lo vamos a pasar bien las dos. Déjame que lo cuente, en realidad sabes que no podemos evitarlo. Toma la palabra y hazlo tú misma mejor, le sugiero. Y, por una vez, acepta y comienza a explicar que debería estar en la cárcel.

Eso pienso todo el rato, dice, y continúa sola, ya sin mi ayuda.

Yo no quería. Se lo dije mil veces. No voy a saber.

—¿Cómo no vas a saber? Todo el mundo sabe —me contestaba mi marido.

—Yo no. Además, si no me quiere me muero.

Él se reía sin más, como si aquello fuese otra de mis ocurrencias. Siempre le costó distinguir cuándo le hablaba en serio. Al principio me parecía halagador que todo lo que dijera le pareciese divertido, como si yo tuviera un torrente inagotable de ingenio que producía réplicas de diálogo de sitcom sin parar. Hasta que me di cuenta de que, más bien, nada de lo que le contaba le parecía lo suficientemente interesante como para prestarle una atención más intensa. Y yo lo decía de verdad.

No quería. Pero me quedé preñada y todo empezó a rodar sin más.

Después de un buen embarazo, dentro de lo que cabe, y de un parto tan duro como cualquier otro me convertí en madre, un siete de enero a las cuatro y veintiséis de la madrugada. Y parece que al final él tenía razón. Sí que sabía ser madre, al menos aparentemente no lo hacía mucho peor que las demás. Llevaba las vacunas al día, leía manuales de educación en sentimientos y organizaba cumpleaños con esmero. Pero la sensación de estar fingiendo no me abandona ni un segundo.

Claro que eres buena madre, le digo. No entiendo esa necesidad de dudar incluso de eso, aún antes siquiera de serlo. Leías *Celia madrecita* y *Martita ama de casa* de pequeña, y te encantaba.

Esta niebla no es como la de aquel día. Hoy es espesa, como a mí me gusta, tan cerrada que parece que te estés colando en otra dimensión, que cuando levante te encontrarás en un lugar totalmente distinto o, mejor, que ese sea el lugar y que no haya nada más, que no vaya a despejarse nunca y debas quedarte a vivir allí para siempre, flotando, sin sentir ya nunca más, sin necesitar comer ni dormir, ni pensar siquiera, sin necesitar respirar casi. Si tengo que elegir entre la bruma de los días que pasan sin consistencia, uno detrás de otro, y esta blancura que ciega y que siento fría y húmeda en la piel y en los pulmones, prefiero esta, sin duda. Me produce una sensación extraña entre lo real y lo que es más real todavía, lo inconsciente.

¿Por qué nos hablas de la niebla ahora?

Porque ese día amaneció plagado de pequeños bancos dispersos que dejaban ver la cencellada en la retama, deslumbrante cuando el sol incidía en sus ramas cristalizadas, tan aparentemente frágiles que daban ganas de tocarlas para hacerlas estallar en mil fragmentos perfectos de luz y hielo. Creo que era eso en lo que estaba pensando cuando aceleré más, un poco más, otro poco más aún.

Siempre me ha gustado correr con el coche pero no me atrevía a hacerlo desde que había dejado de ser yo para ser la madre de Martín. La mamá de Martín en las reuniones del cole, mami en las consultas médicas, mamá en casa. Aun así, todavía lo hacía de vez en cuando, siempre que él no fuera en el coche y solo en rectas muy despejadas, a horas del día tranquilas en que no hubiese tráfico apenas, cuando el sol estuviese alto y proyectara la luz perfecta, sin producir sombras que pudieran despistarme. Siempre en verano, evitando el hielo, la lluvia, cualquier fenómeno atmosférico potencialmente peligroso.

Una vez que pierdes el nombre sucede que también tienes ganas, a veces, de huir de ti misma. Así me había levantado esa mañana —como casi todas— con ganas de desaparecer. Sin embargo, es una de esas cosas que no consigo hacer bien, por más que le ponga todo el empeño del mundo y lo intente con pastillas, alcohol, yoga o punto de cruz. No lo hago bien, igual que no cocino bien, no soy buena en los juegos de mesa ni dando conversación. No soy buena recordando caras ni resolviendo integrales. Era buena conduciendo. Y soy puntual.

No eres puntual, la contradigo.

Sí lo soy. A mi manera. Pero qué sabré yo, ¿no? Solo soy tu personaje. No sé por qué me pides que cuente mi historia. Es tuya, en realidad. Puedes hacerme impuntual si quieres, o apuntarme a un talent *de cocina si se te antoja. Convertirme en fisonomista y ponerme a trabajar en la seguridad de un casino. Pero no lo harás, por algún motivo no lo harás.*

Y yo ya me estoy cansando de este juego. No merece la pena seguir.

No te enfades, mujer, sigue tú por una vez. Creo que resulta mucho más interesante que cuando soy yo la que controla todo el proceso.

En fin. Sé que todo el mundo comete errores y sigue adelante pero yo no logro disgregarme de la niña de quince años que fui. Sabes que no me gusta recordarla, no me obligues a hablar de ella.

No te obligo, lo haces porque quieres, o porque no puedes evitarlo, que viene a ser lo mismo. Continúa, por favor.

Permanezco allí, en el monte, aquella tarde de otoño. Habíamos ido por Todos los Santos a casa de los tíos. Después de la ritual visita al cementerio nos dispusimos, como siempre, a preparar el magosto. Subimos al Eido do Penedo. Aprovechábamos la roca enorme que sobresalía en la parte más alta del terreno para hacer un buen fuego y asar castañas y chorizos. Los primos éramos los encargados de ir a recoger las castañas al souto *que quedaba a la entrada de la aldea, aunque los últimos años llevábamos ya un buen saco del súper porque cada vez había menos.*

Me gustaba la espesura del castañar, hundir los pies en la moqueta de hojas húmedas que cubría el suelo. Oler la tierra mojada y los vapores de la transpiración de los árboles, imaginarlos como forzudos gigantes que sudan después del enorme esfuerzo de dar a luz a sus pequeñas crías en forma de erizos para que nosotros pudiéramos extraer sus nueces y celebrar nuestra fiesta del otoño. Pero el primo Lucas era muy pequeño, dos añitos apenas, y alguien tenía que quedarse a cuidar de él. Hasta el souto *había un trecho grande, demasiado para sus pequeñas piernas, y yo, aunque no era la mayor, era la más responsable, la más formal —decían— la rara y solitaria, pensaban en realidad.*

No eras rara, solo te gustaba estar sola, te gustaba la oscuridad.

Eso es ser la rara en un grupo de niños y adolescentes. El caso es que ahora no me gusta tanto. Tengo que dejar la persiana subida por las noches, para ver las farolas al otro lado de la calle. A veces Martín viene a verme, sobre todo después del accidente. Se mete en mi cama y se acurruca enredando sus piernecitas en las mías. Tiene los pies siempre helados. De todos modos yo no duermo nunca, da igual que venga a verme o no. Llevo muchos años sin dormir. Ya ni recuerdo la última vez que lo hice del tirón. Me despierto de cinco a diez veces cada noche. Suena el despertador y vuelvo a intentarlo, todos los días, comienzo a atravesar la mañana, restando horas que pesan como muertos, hasta que llega otra vez la noche. No sé si ahora es mejor, con la nueva medicación. Creo que sí, porque normalmente no recuerdo lo que sueño y es un alivio no escuchar el grito agudo de Lucas cayendo por el pozo. A veces no es Lucas sino el conejo blanco de Alicia con la cara de Lucas o yo misma flotando en una espiral infinita que no duele pero me corta la respiración. Y desde que nació Martín casi siempre es él al que veo precipitarse en el vacío. A ratos es un bebé y llora, su chupete flotando alrededor del cuello, a ratos tiene ya cinco o seis años y ríe como un loco.

Pero no siempre has tenido miedo.

A los quince años no lo tenía. Tampoco era alocada, simplemente no pensaba que las cosas podían ser terribles, que las vidas podían convertirse en manicomios de un momento para otro. Hasta la tarde en el monte con Lucas. No pasó nada irreparable, los momentos de angustia buscándolo por el Eido, en las rocas, por entre los toxos, mis chillidos histéricos llamando a los tíos que volvían de los coches trayendo lo que faltaba para celebrar la fiesta, el espectáculo de programa matinal televisivo —la ambulancia, los bomberos, la policía—. Una psicóloga empeñada en que respirara, ofreciéndome, con la preceptiva supervisión médica, el primero de mis cócteles de tranquilizantes. Pero nada más, a Lucas no le pasó nada, apenas recuerda ya aquella tarde. No recuerda cómo tropezó con una de las ramas sin flores de las xestas que habían cubierto el pozo, ese pozo que ni siquiera sabíamos que estaba allí, tapado por unos tablones de pino endebles, carcomidos por el paso del tiempo, de las lluvias y las nieves. No recuerda cómo el leve peso de su cuerpecito fue suficiente para partir la madera, ni cómo cayó como Alicia por aquel agujero profundo y estrecho.

Por suerte el rescate fue rápido, no me preguntes de qué modo lo hicieron, esas horas están también repletas de niebla en mi cabeza. Pero no pasó nada. Nada irreparable. Solo el miedo que me sigue como una presencia invisible para los demás, real y pegajosa para mí. A todas partes. A todas horas. Miedo a despertarme, a ir a trabajar. Miedo a que Martín enfermara, a que se perdiera, a no saber cuidarlo. Miedo a respirar.

Fue terrible, pero todos nos sentimos así alguna vez.

Puede ser. Todos somos criaturas de algún creador despiadado. Me duele que seáis tan ruines, los artistas, siempre utilizando el dolor propio y el ajeno para llenar ese vacío que sentís, mostrando al mundo la miseria en su forma más descarnada, por pura y simple vanidad…

Me parece que la otra tarde tenía toda mi atención puesta en esa niebla congelada. Es fascinante. Imagino un mundo de cristal paralizado, una foto bellísima sin pasado ni futuro.

Un estado de quietud y silencio que me otorga un momento de sosiego que, como con las drogas, parece que va a permanecer y sin embargo se desvanece sorpresivamente. Desapareció en el momento en que mis pies adormecidos perdieron de pronto su memoria cinética y confundieron acelerador, freno y embrague. Fueron unas décimas de segundo, pude haber recuperado el control pero me dejé llevar por aquel baile absurdo (bailo tan poco últimamente), consentí que se prolongara más tiempo del razonable y todo mi cuerpo se unió a esa sensación de dejadez esponjosa. Sabía lo que hacía. Nos salimos de la carretera en la curva de la vía de servicio que debía sacarnos de la autovía hacia la comarcal, prácticamente al lado de casa. Dimos cuatro vueltas de campana. Debería estar en la cárcel o, al menos, deberían haberme quitado la custodia. Pero nadie puede quitarte la custodia de un hijo muerto.

NO TODO VA A SER FOLLAR

Agustín Álvarez Nogal

Un cálculo basado en la fecha de mi nacimiento y en el viaje de novios de mis padres en junio del año anterior me permite asegurar que fui concebido en Sevilla. ¡Anda, baílala!

Dicen que los niños de invierno no tienen frío pero sí recuerdos apelotonados que, ahumados y sazonados como en los botillos los trozos de cerdo, pueden ir apareciendo en cualquier texto haciéndolo verdadero aunque los hechos sean imaginados, incluso falsos. ¿He bebido palomitas de absenta? ¿He vivido sabiendo que lo hacía? Es redondo como el culito de un niño, el botillo que, una vez cocido, se desparrama sobre la fuente para que los dedos ansiosos de los comensales se abalancen sobre las tajadas calientes y las soplen sin oler, porque para oler sin soplar, los dedos de la mano han de tener las uñas arregladas. De los pies y los empeines ya os contaré, queridos. Los dedos de Fiedrich Gulda las tenían cortadas, limadas, descuticuladas, aptas para que las yemas, que venían volando, aterrizaran con una suavidad infinita sobre las teclas del piano e hicieran el mejor Mozart que jamás se había oído y al que yo fui capaz de aproximarme con el apoyo y cariño de un amigo que tocaba la flauta travesera en un inmenso piso viejo lleno de libros e impregnado de un desorden culto y que, años después, se suicidó en su casa, desnudo en la bañera japonesa que se hundía en el suelo del dormitorio, sedado para viajar a través de la luz que entraba por la cristalera que se abría al jardín botánico, al bosque autóctono que creó y nos dejó; viví, creo, un tiempo de delicadeza, un tiempo de búsqueda entre cuerpos e historias, un tiempo de emociones, un tiempo de ilusiones que no cuestionaba y, sin embargo, no olvido cuando Lou Andrea entró sin permiso para constatar que su amigo Fiedrich estaba abandonado frente al piano, no olvido cuando Dominique Sanda, perdón, Lou Andrea Salome, sube al carruaje, enciende un purito y mira en silencio al jovencito que la acompaña, no olvido a Paul Rée sobre la cama dando saltos con Fiedrich y Andrea y su expresión pálida y de deseo cuando Dominique orina de pie sobre un recipiente de porcelana china y no se le escapa ni una gota; solidificándose en la fuente está la grasa de lo que queda del botillo formando figuras fantásticas, unas con islas, otras con penínsulas, todas con playas en las que retoza y rezuma la berza. Aquí la música como en Mas allá del bien y del mal, ¡perdón Liliana!, es el Murciélago de Johann Strauss. Sal de frutas, aguardiente blanco o de hierbas, Cristobal Halffter sin castillo, el mar lejos, Finisterre también, Xoel López cerca y de momento abril, porque me muero de amor, estoy sin palabras y, de habérmelo pedido, me hubiera casado contigo; no, esto no es un barullo aunque se me amontonen las personas y las partículas de arena del Valle de los Reyes, el arquero que encendió el pebetero en los juegos olímpicos de Barcelona, los asesinos de los Atreides, las novelas del siglo pasado, es un relato para un libro colectivo y siento vergüenza torera aunque no sepa el significado de la asociación de esas palabras porque vergüenza es lo que me asalta ahora al escribir esto y torera es la mujer que se dedica a participar en las corridas de toros, pero me temo que asociarla con vergüenza o, mejor dicho, calificar la vergüenza de torera me lleva a territorios en los que, por caminos tortuosos llenos de trampas y fraudes, discurre la llamada fiesta nacional; es la falta de entrenamiento, sin duda, porque se me está yendo de las manos, perdón, de la teclas. Diletante, sí, errante la criatura, picoteando de aquí y de allí, curioseando siempre, padeciendo ensoñaciones, sorprendiéndose a menudo, fingiendo o fingiéndose, porque lo evidente es difícil de demostrar, porque no te entran anginas si te comes un conejo, porque el mal uso de los antibióticos se hace patente cada día, porque Gabriel y Galán era uno y Saramago también, pero los Javis son dos y son dos los pliegues que me trastornaron y tres las hijas del dueño del manantial que brotaba al lado de un cementerio de una provincia de Castilla y ni que decir tiene que el agua es de mineralización débil a pesar de los enterrados y que los de Bezoya recomiendan una dieta variada y equilibrada y un estilo de vida saludable para que el efecto pretendido sea visible, no como los de Lanjarón que buscan el efecto sobre el corazón a las bravas, eso sí, un poco picantes y grasientas como las de un local de la calle Pasión de Valladolid. Parece que me estoy entonando, ¡no sé!, mientras suena Radio Swiss Classic, ¡qué descubrimiento!; podría inventarme alguna historia con telón de fondo en el Desierto Rojo y una mujer sin alma, pero no, la realidad es más potente pues, antes de recoger en la plaza Silió el pescado que había pedido por teléfono para la primera semana de navidades, entré en ese bar de la calle Pérez Galdós con paredes llenas de citas trascendentes, libros y utensilios de cocina antiguos y una tortilla de patata con cebolla que supera con creces las que sirven por el centro y pedí un café y un pincho, naturalmente, y sonaba, porque di al Shazam, la sinfonía Le ridicule Prince Jodelet de Reinhard Keiser, que obviamente desconocía y me vio hacerlo él -supongo que dueño del establecimiento- y me pidió el móvil para bajarme la aplicación. ¡Lo hizo, oye! ¿Me creeríais, desconozco también pero en este caso por olvido el tiempo verbal de ese creeríais, vosotros ahora, si os digo que estoy enganchado desde ese día a la Radio Swiss Classic? No solo está programada de manera inteligente, sino que apenas hablan los locutores, eso sí en alemán, justo al terminar la pieza; además de a vosotros he recomendado la aplicación a esa mujer sin alma, de piernas muy largas, esto lo he leído en una entrevista de Antón Reixas en la que no cita a

Led Zeppelin, digo lo del alma en relación con la longitud de las piernas, con la que había quedado para intentar desplegar mi soledad como un enorme paraguas de esos que llevamos los jugadores de golf y hacer que resbalara la suya, su soledad, por encima de él, del paraguas; supongo que diferenciáis este el paragüero, del otro el camarero y que os dais cuenta de que, como siga tecleando, soy capaz de relacionar las playas de Normandía con las de la batalla de Trafalgar y entonces recordaré a Alberti y sus puestas de sol en el Puerto de Santamaría y recordaré mis puestas de sol en Zahara de los Atunes y recordaré a personas que apuntalaban las realidades en las que estaba instalado y que me han conducido hacia lugares mágicos, con colores intangibles, a veces con deseos inalcanzables, otras hasta suspiros turbulentos, y como he superado por poco ya el décimo septenio, me parece apropiado empezar, y debo hacerlo, por mi madre y mi padre, primero el recuerdo de mi madre, con la vergüenza propia de un primogénito y aquí con las dos acepciones del Diccionario de uso del español que más me gustan para esta ocasión y que son: 1.- Estimación de la propia dignidad, y 2.- Encogimiento o timidez que cohíben a una persona en presencia de otras o al hablar con ellas; la licencia que me permito en este caso en la segunda acepción es eliminar la preposición con por la preposición de, porque me encanta la hache de cohibir, tan muda como la hache que exaltación no lleva, pero si como la de hermosa y la de historia y tan invisible como la de emoción y entusiasmo, pues nació en el mes de abril en

León en 1928, año en el que se creó el Patronato Nacional de Turismo que inició las medidas que facilitaron el que nos convirtiéramos en toda una potencia años después. No sé encontrar testimonios fiables, pero creo que en la capital en ese año no bailaba nadie el tango "Jaluise", del danés Jacob Gade, y dudo mucho que lo hicieran en las capitales de Castilla La Vieja.

¿El recuerdo de mi madre? Mi memoria no solo se apoya en la experiencia propia, aquí el agua es de Corconte queridos, sino en la de otras criaturas y en algunas de las historias o verdades adaptadas que han ocurrido antes, otras ahora y, como una o dos son imaginadas, tendréis que ir desentrañando este texto torrencial, averiguando poco a poco si voy hacia alguna desembocadura conocida o simplemente no voy, ni me voy, porque fotos existen, documentos también y las conversaciones con ella se las ha llevado un viento que a veces sopla en Babia y me he visto obligado a investigar sobre acontecimientos y hechos que acaecieron durante su vida que, por cierto, se prolongó hasta el año 2022. Que yo sepa solo siguen vivas una amiga del colegio, el de las Carmelitas que estaba cerca de la Catedral, otra amiga de esa amiga y una vecina; viudas todas que han superado los noventa años, porque aquella niña fue al colegio, iba en coche, en el coche con chófer de su abuelo, del padre de su madre que se dedicaba, al parecer, a la construcción y tenía una casa con sótano, dos plantas y buhardilla, esa hache de buhardilla es misteriosa, donde se colgaban los chorizos y jamones, y con otra hache se ahumaban ligeramente porque se hacía la matanza, cinco gochos, casa grande, sin hambre, con pollo los domingos y cocidos con relleno, tocino y morcilla otros días, morcilla de sangre y cebolla, picantona, no de arroz y dulce como la de Burgos, la morcilla, porque hablando de catedrales y considerando a las de Sevilla y Toledo, para catedral, la de Rouen, sin desmerecer a ninguna, claro, ni a la de León, ¡no te jode!, porque lo que es disparatado es tener cuatro aeropuertos en lo que hoy se llama Castilla y León y, aún más, tener seis institutos en un radio de menos de cuarenta kilómetros alrededor de Astorga, capital de la Maragatería y de los Panero. ¡Qué desencanto! Del cocido de Castrillo de los Polvazares y de la boda de Luis del Olmo volveré en el curso de esta corriente entre piedras y truchas, ya que recuerdo alguna tornaboda. ¿Los institutos? A saber: el propio de Astorga, el de Santa María del Páramo, el de La Bañeza, el de Carrizo de la Ribera, el de Benavides, el de Veguellina de Órbigo y el de Valencia de Don Juan. Seguía con las monjas cuando comenzó la guerra, era una niña de ocho años bien alimentada, vestida y protegida, en el sentido más amplio de la palabra, y no tuvo conocimiento de desgracias y sucesos trágicos cercanos, como el fusilamiento del día 21 de noviembre de 1936 que dirigió un aristócrata Grande de España, Tristán Falcó y Álvarez de Toledo, en el que se ejecutó al Alcalde y al abuelo del Presidente Zapatero, entre otros muchos representantes de la sociedad leonesa; se salvaron aquel día Vela Zanetti y Gordón Ordás, uno, el pintor, porque había huido a Francia y desde allí a la República Dominicana, y otro, el político, porque estaba de embajador de España en México. El pintor regresó en 1960 a Milagros, su pueblo, y se somete a una cura de espíritu nacional que le habilita para pintar tipos rurales; el político que había sido ministro de Industria y Comercio, no regresa nunca y termina siendo presidente de la II República en el exilio. Mi madre se traslada con mi abuela y mi abuelo a la casa de la Plaza Mayor de León dónde yo iba de chico las tardes de los sábados para viajar al fondo del mar y para soñar con las efímeras reinas que por un día alcanzaban sus sueños mientras Mario Cabré trataba de olvidar a Ava Gadner a la que, al parecer, y eso tenéis que contrastarlo, le gustaban otros toreros. Pues eso, mi madre se traslada a vivir a la Plaza Mayor cuando comienza el Instituto y en ella, en la plaza, y tengo fotos, estaba la fuente que hoy ocupa el centro del Parque de San Francisco, cuestión ésta a la que volveré, como al botillo o al cocido maragato. Mutualidades, papeles de pago, huérfanos, pólizas, serenos y, entre el silencio de los adultos indemnes, juegos infantiles, la copla, la torería, la devoción obligada, los jueves que brillan más que el sol, corre que te pillo, las mariposas, porque las bicicletas son para el verano y los riachuelos de la montaña eran saltarines y las truchas se escondían y las parejas de la guardia civil buscaban a mineros y otros fugados mientras el racionamiento inundaba el viejo reino, cien reyes antes que Castilla leyes, y niñas como mi madre iban en verano unos días a la playa a Gijón, no sé si con el chófer del abuelo, en cuyo caso paraban en las fuentes del camino, la primera La Copona, la segunda la de la ermita del Buen Suceso, la tercera en Busdongo, donde un joven Amancio soñaba con ser el más rico del pueblo, o en el tren que atravesaba por túneles oscuros el puerto de Pajares y que habían sido construidos sin que se alteraran los acuíferos y que obligaba a los pasajeros a ir frenando con la boca cerrada y el culo prieto. ¡Tiempos! El año pasado fui a Gijón desde Valladolid y estuve cuatro horas en el tren, en concreto tres desde León y los túneles seguían sin iluminación, sin claraboyas, Ernesto Sábato; volveré al tren, volveré a las tornabodas y volveré a la fuente de Neptuno que estaba en la Plaza Mayor y que trasladó al jardín de San Francisco un concejal que, mira qué casualidad, resultó ser el padre de un muchacho que iba a ser el mío. La mujer de la que escribo termina el séptimo curso en junio y comienza el obligatorio Servicio Social en el que el Jefe Local de Falange Española Tradicionalista y de las Jons certificaba que la titular del carnet había cumplido los trabajos ordenados durante el mes de la fecha, con puntualidad y buena conducta; el primer mes que figura en el carnet de mi madre es julio de 1945, nunca se le notó nada, nunca transmitió los mensajes que constituían la esencia del Servicio Social y que compruebo en el carnet que conservo, con pólizas de dos pesetas de Auxilio Social en cada página, vamos, en cada certificado, como ese en el que se decía que sirviendo a los demás españoles, sirves los destinos de la Patria, o ese otro en el que se mantenía que había que ejercitar la fe y la voluntad para construir el Imperio, o aquel en el que se indicaba que mediante el trabajo conquistarás la disciplina y el espíritu de hermandad que necesita España para su grandeza y libertad. ¡Pues como que no! ¿Qué tipo de expresión es ésta? Es una expresión que se usa para negar o rechazar una idea con cierto matiz de ironía, ya que parece atenuar la negación cuando en realidad el hablante, en este caso, el tecleador, tiene bastante claro que no es aceptable; buscando en las redes, ¡mira tú por dónde!, y poniendo la tilde en la primera o, María, el ¡cómo que no!, es una canción de Manu Chao con letra de Gustavo Pena y tiene una estrofa que me encanta: "regando el patio a manguera, niña de la primavera, niña de la primavera, *regá* mi patio de amor, que llega otro nuevo año, que se somete a la espera, de que se haga verdadera, tu locura y tu ilusión". Llegaré al primer beso que ella contaba riéndose con el hijo del concejal en un portal cercano a la Iglesia de Santa Marina que para los que conocéis León está por detrás y a la derecha de la Plaza Torres de Omaña, el mismísimo centro del Barrio Romántico. ¡Qué cosas! Seguro que no sabéis que por aquí, rodeadas de bares, están la Fundación Vela Zanetti y la Fundación Sierra Pambley y que en la iglesia cercana al beso hay una obra de Juan de Juni; hay más bares que en Soria, o casi, y como la culpa fue del chachachá, recuerdo el calor del amor en un bar y, como mi cabeza tiende a la dispersión, interconecto, o lo trato de hacer, con todo lo que se mueve, ahora comenzando con el recuerdo de mi padre.

¿El recuerdo de mi padre? En náufragos en la nieve, Luis Mateo Diez, dice: "El mismo día en que naufragó en la nieve el coche de línea de Beltrán, que venía de León y debía llegar al valle de Laciana…" Beltrán era mi bisabuelo y le conocí en fotos, a la bisabuela en la mecedora; habían estado en Argentina y volvieron y fundaron Autos Transportes Beltrán donde, al parecer, mi padre comenzó a conducir muy temprano y no quiero decir a primera hora de la mañana, sino a una edad casi infantil como él mismo nos contaba, pues por carreteras con árboles que imagino, acompañaba a su abuelo a tomar las aguas en balnearios por toda España. ¡Tiempos! Al terminar una reunión de trabajo en Salamanca en los inicios de lo que hoy conocemos como Comunidad Autónoma de Castilla y León, visité la filmoteca porque me habían dicho que conservaban fotos antiguas de León y allí, entre otras, descubrí, yo, una foto de autobús con matrícula LE-3174 con un pie que decía: "Uno de los autobuses del señor Beltrán" y en ella aparecía de pie al frente del vehículo mi bisabuelo, trajeado y con sombrero, elegante, duro, y asomándose por una ventanilla, su nieto, mi padre; no se distingue quién está en el asiento del conductor, pero bien podría ser Piti o Robledano, que eran los conductores de la línea que unía León, a través de la Magdalena con Riello, Murias y Villablino según refiere el ganador del Premio Cervantes de 2023 y que, casualmente, nació en Villablino dieciocho años después que mi padre, nacido en La Magdalena en 1924. Estoy tratando de llegar al primer beso, sí, ese que se dieron cerca de la Iglesia que fundaron los jesuitas a principios del siglo XVI, porque ya os digo que volveré a las tornabodas y otros sucedidos, incluido el cocido maragato que ya sabéis que termina con la sopa, porque la sopa da igual mucha que poca, que van apareciendo a lo largo del texto como si tal cosa, pero no os fiéis queridos, no hay nada inocente aunque lo parezca. Tampoco pasó hambre y no recuerdo a qué escuela infantil le llevaron porque el bachiller lo inició y lo terminó en el céntrico colegio de nuestra señora del Buen Suceso de los Agustinos; cuando comenzó la guerra, era un niño de doce años bien alimentado, vestido y no se si protegido en el sentido más amplio de la palabra y no tuvo conocimiento de desgracias y sucesos trágicos cercanos, como por ejemplo el decomiso por el ejército nacional de dos autobuses de su abuelo para ser utilizados en el frente norte como los que describe en Pantaleón y las visitadoras el escritor que más tarde, mucho más tarde, porque mientras hay lengua hay hombre, convivió con la primera mujer de un frustrado portero de fútbol muy conocido por su afición al vino de la Ribera del Duero; ¿habrá utilizado pastillas azules el creador del prostíbulo rodante durante su estancia en Madrid?. Restaurados los autobuses, un viejo Ford y un viejo Dodge, continuaron prestando servicio en las líneas de los valles de Omaña y Babia, salían de León y al llegar a la Magdalena uno subía por Riello hacia Murias y el otro por Caldas hacia San Emiliano. Hoy para llegar a San Emiliano hay que atravesar el pantano de Luna que inundó la carretera por la que conducía el nieto del Sr. Beltrán y que es menos conocido que el pantano de Vegamián que, además de inundar y cubrir la carretera del valle, hizo desaparecer el pueblo de un escritor, el Sr. Llamazares. En fin, mi bisabuelo se quedó sin dos autobuses durante una temporada, pero el escritor se ha quedado sin pueblo toda la vida, como nos recuerda siempre que puede, venga o no venga a cuento, para influir en su cuenta, supongo. Hasta aquí otro largo texto sin puntos a parte tratando de imitar, creo, a Thomas Bernhard del que leí en 1979 "Trastorno", pues marco los libros y éste lo conservo y, como escribo sobre su procedencia, sé que me lo recomendó un amigo al que volveré; más tarde, según iba traduciendo Miguel Sáenz para Alfaguara leí la autobiografía del austriaco compuesta por cuatro libros todos con largos párrafos hasta un punto y coma o un punto y seguido, como ahora, al parecer, ha hecho en su última novela el marido de Elvira Lindo, la mamá de Manolito gafotas, no de los cruasanes empalagosos. Cerca de terminar el bachillerato mi padre, el nieto del Sr. Beltrán, acompañó en uno de los autobuses, ahora convertido en camerino, a Irma Vila, actriz y cantante mexicana muy valorada por su falsete; la referencia es obligada porque una de las canciones de la gira que nos recordaba mi padre era la que contenía aquello de: "de colores se visten los campos en la primavera, de colores son los pajarillos que vienen de afuera, de colores es el arco iris que vemos lucir y por eso de muchos colores las chicas bonitas me gustan a mí". Es durante este tiempo, hasta que comienza a salir con la señorita de la que os he contado alguna cosa, cuando desarrolla su memoria poética, inmensa, casi enciclopédica, y una seria afición por el cante flamenco, el cante bueno, el representado por Pepe Marchena y, por ejemplo, su Romance a Córdoba que comienza con: "Es morena y cordobesa, tiene aire de sultana y corazón de princesa" y termina con "Sé que no me pertenece, que no es de mi condición, pero ya no hay solución, el hombre siempre obedece cuando manda el corazón". De poesías no se cual escoger, pero recuerdo esto de Gabriel y Galán que él nos recitaba mientras conducía: "Alégrate, pues, mujer, porque te sé yo querer con querer tan singular, que a veces me hace llorar de doloroso placer". Creo, ¡mirad por donde!, que sin precipitarme he conseguido que veáis el primer beso; entre él y el viaje de novios, murió de meningitis el padre de mi madre, industrial de éxito en el sector de la calefacción y los sanitarios, un poco antes de que España fuera admitida en la ONU, Javier Krahe tenía nueve años y aún no había escrito aquello de: "también habrá que saltar a la pata coja, y habrá que coleccionar sellos de Nigeria, no todo va a ser follar, no todo va a ser follar", había menos mascotas que niños, en las porterías se recogían los puntos a las medias enganchadas, los lecheros venían a las casas desde las vaquerías que estaban a las afueras, las nórdicas no habían ocupado los arenales levantinos, el bidé con chorrito era un lujo. Se casaron en el Santuario de la Virgen del Camino, la patrona, y tras el banquete en el Novelty emprendieron el viaje al sur por Despeñaperros e hicieron noches en Córdoba, Granada y Sevilla.

Volveré al sur más adelante porque ya sabéis lo de Cádiz y las puestas de sol e imagináis a Debra Winger, la clase es eso que se hace de manera elegante cuando crees que nadie te ve, en la película con Richard Gere y que siempre nos quedará París, capital de la Francia que ocupó la Conchinchina durante cien años. Pues así, como que no quiere la cosa, el 16 de febrero mi padre y mi madre fueron al cine Condado a ver la película FanFan el invencible y, al salir, nevaba, nevaba de verdad y hablaban del beso del espadachín a la campesina, Gina Lollobrígida.

Un caldo de gallina reparador, al llegar a casa, no evitó que a las tres de la mañana del 17 de febrero naciera su primer hijo, yo. Nací acuario ascendente escorpio. ¡Anda, baílala y tócala de nuevo, Sam!

EPÍLOGO – EL LECTOR DE CUENTOS

Enrique Ferrari

Se ha escrito mucho sobre la escritura de cuentos. Se ha escrito menos de la lectura de cuentos. Llegar a ser un buen escritor de cuentos es difícil, pero llegar a ser un buen lector de cuentos también lo es. Sería pretencioso por mi parte plantear las reglas con las que leer bien un cuento, no las tengo, y probablemente no servirían todas para todos los cuentos o para todo tipo de cuentos, pero sí puedo intentar un borrador con un par de reflexiones, primero en torno a qué tipo de lector es el lector de cuentos y luego sobre sus expectativas, qué esperan de los cuentos quienes leen (sobre todo) cuentos. No son muchas las evidencias que tengo para escribir esto, pero sí sé que no son tantos los lectores de cuentos, y creo saber por qué.

El cuento es exigente porque exige una concentración que no puede aflojar en ningún momento. Quien empieza un cuento no lo hace de cualquier manera, a diferencia de quien empieza, por ejemplo, una novela, o incluso un poema.

El compromiso es otro. Es la concentración de quien se exige precisión, de quien se lo juega todo en un momento. Y de quien repite una y otra vez la misma operación hasta dominarla por completo. El buen lector de cuentos lee el mismo cuento (el cuento que lo merece) una y otra vez, hasta llegar a reconocerlo como si fuera parte de uno mismo. Como el atleta que repite el salto o el lanzamiento de peso constantemente. Cualquier lectura le reclama a uno que esté concentrado, pero son concentraciones distintas: un cuento hay que leerlo de una tacada, entregado por completo a él, o mejor, en guardia, prevenido. Con los reflejos suficientes para no dejar escapar nada. Si no, no funciona. Con otros géneros también, pero sobre todo con el cuento el lector asume una responsabilidad brutal (nada que ver con la mera inmersión en la historia). Si él falla, el cuento se desmorona, no sirve para nada. Es el responsable último de que tenga sentido el trabajo (abrumador) del escritor. Le leí a Gombrowicz que una mosca que distraiga al lector puede fastidiar el mejor párrafo que se pueda escribir. Una mosca puede acabar con el mejor cuento también. Y cosas mucho más insignificantes que una mosca. Yo no escribo cuentos, hay que ser muy valiente para escribir un cuento, pero sí puedo ponerme del lado del escritor de cuentos y entender su desasosiego porque del lado de los lectores no cumplamos con nuestra parte. No se me ocurre un ejercicio mayor de confianza ciega.

Se puede, incluso, arriesgar todavía más: con un libro de cuentos. Escribir un libro de cuentos es una actividad heroica. Por lo que tiene de esfuerzo pero también por lo que tiene de insensata. Es un ejercicio desmesurado, descomunal, porque en realidad son dos ejercicios, los dos desmesurados, descomunales: escribir el cuento (multiplicado por el número de cuentos del libro) y organizar esos cuentos en un todo que también tiene que decir algo como conjunto. Más allá de los Cuentos completos o de antologías arbitrarias que son más bien pesca de arrastre, publicar un libro de cuentos es jugar con fuego. Y cuando van introducidos por un prólogo que intenta forzar las cosas, un ejercicio de patetismo: de vergüenza ajena, por tener que ver cómo intenta lucirse un prologuista que o peca de soberbia o peca de pleitesía. Un libro de cuentos sin prólogo (no tienen nada que ver un prólogo y un epílogo, sobra decirlo), u otras trampas, es un puñetazo sobre la mesa: puede salir mal, suele salir mal (a quién no le duele dar un puñetazo en la mesa), pero como apuesta arriesgadísima es en sí mismo literatura en su estado más puro. Aunque solo sea como atisbo de la ambición de querer construir un mundo que sirva para ver y comprender de otro modo este mundo. Decía Hemingway que si escribes un cuento y nadie quiere arrancarte los ojos es que el cuento no es más que palabrería.

Hablemos entonces de las expectativas del lector de cuentos. Se nos han ocurrido ya muchas metáforas para explicar la función o ambición del cuento. Enumero algunas (de las menos manidas): es un plato bien cocido, y con las calorías justas, un traje de neopreno, un arco en tensión (sin saber qué pasará luego con la flecha), el agujero del dónut, un remolino de mariposas ante la luz, etc. Cada escritor tiene al menos una original para explicarse sus cuentos, pero todas o casi todas merodean la misma idea, que explica también su mecanismo de recepción, cómo recibe el cuento el lector.

Un cuento es un repositorio de metáforas (de alegorías e imágenes, en general) y una metáfora en sí mismo. Frente a la búsqueda torpe y machacona de la moraleja, el cuento (bueno) propicia una reacción en el lector que lo lleva a un cambio en la percepción y la comprensión de la realidad. No afianza una enseñanza, sino que lo hace participar en ese plan de desquiciar la realidad, para entenderla como más compleja, menos manejable. Los que nos dedicamos a la teoría intentamos hacer de la realidad un plano de metro, para podernos manejar con ella, simplificada al máximo. Los escritores lo hacen al revés, complican todo lo que pueden esa realidad. Su objetivo es sacarla de quicio. Problematizarla, rascando en la superficie hecha de lugares comunes y rutinas mentales. El lector de cuentos no es el lector de papers (gracias a dios). Hace suyo el riesgo: quiere para sí esa realidad que se le presenta desquiciada, imposible de armar, al menos como la hubiera armado antes. Este tipo de lector no busca en el cuento confirmar la realidad; al contrario, busca excusas para ponerla en cuestión, para volver a dudar de ella o de algún aspecto de ella, para reprocharse haber bajado la guardia con los lugares comunes que le han anquilosado una manera determinada de ver. No quiere ir ganando terreno, quiere hacer de este terreno ganado otra vez arenas movedizas.

Le leí a A.C. Grayling que la filosofía sirve para patrullar en las franjas del conocimiento que limitan con la oscuridad de la ignorancia, y que por tanto no tienen todavía una disciplina oficial que se ocupe de ellas. La filosofía, al hacer las preguntas correctas para que pueda surgir la oportunidad de formular respuestas, es la que asume los riesgos de avanzar sin tener apuntalados los túneles que ha ido abriendo. Pero no lo hace sola, o no lo hace solo ella. Lo he escrito en otro lado: el cuento también funciona como pregunta filosófica, sin la tentación además de una explicación explícita, que queda elidida, para que sea el lector quien termine dándole una forma definitiva. La ficción, mejor que ningún otro mecanismo, sabe enfrentarse cara a cara con esa oscuridad de lo que no conocemos o, mucho peor, de lo que acabamos de descubrir que no conocemos (que no puede ser, ni remotamente, lo que pensábamos que era). Sin el premio de consolación, además, de arañarle una teoría.

Para un epílogo que pone a prueba, a la fuerza, la resistencia de un lector que llega tras leerse algo más de diez cuentos de diez autores distintos, y que por tanto sabe de qué va todo esto, queda solo una última pregunta: cuál puede ser el papel del lector con un cuento que se presenta como pregunta filosófica. Evidentemente, no puede ser responder sin más a esa pregunta. Yo cada vez tengo más claro que lo mejor que puede hacer es sumarle más signos de interrogación. Doblar la apuesta. Salir del cuento más inquieto que como entró.

ACERCA DE LOS AUTORES

Para más información sobre los autores, puede
dirigirse a la siguiente página web:

Si ha disfrutado del libro, puede apoyarnos dejando
su reseña en Amazon a través del enlace anterior, o
en redes sociales como Goodreads.